我所告诉你关于那座山的一切

刘宸君 著

九州出版社

简体版出版说明

如何直面死亡,并创造其后的留挽,成为编辑团队接下的难题。是在这里,编辑团队展现了诠释的细致与高度,就最基础而重要的设想而言,不将此书定位为纪念文集,而是将作者以首次出书的文学新人来看待。于是,本书的集成与出版,具证了一位作者无可复制的新生。

——童伟格

2019年,台湾"Openbook好书奖"公布书单,资深小说家童伟格担任评审,提及《我所告诉你关于那座山的一切》繁体版的制作方式。随后,青年作者李奕樵也指出:"文学现象不该消费死亡,春山出版社采取的姿态与策略可能会是未来重要的示范。"这些评判,显见本书的价值扩及出版过程,因此,简体版保留台湾团队的说明,供读者与相关行业人士参考。

细致诠释之下,这部作品集安放了刘宸君十九岁的原始、纯粹，以及远超其年龄的成熟与才华。与之相应的特殊之处，不仅体现在字句，像重要的"物事"一词；也包含诸多文类的交错，例如第一部的旅行随笔，穿插匆匆闪逝的笔记。

台湾创作者陈泓名曾分析这些笔记，近似谜语或小说的暗示。看似零散的片段，种种的估量，或许潜藏无限可能。繁体版制作团队将刘宸君的手写笔记置入稿件，简体版亦保留，并以行首间隔号标明。期盼它们像山林间的线索，让人指认、思索、前进，逐步串联未知的全貌。

从山里回来的一颗心

2017年春天,刘宸君与旅伴从印度出发,一路前往尼泊尔登山旅行,然而却在途中遇上当季罕见大雪,被迫受困于山区的岩洞中。当搜救队在受困第四十七天找到两人时,刘宸君已在三天前过世。刘宸君贴身携带的旅行笔记,以及给亲友的书信,由旅伴带了回来。

刘宸君以旅行的态度面对自己的文字,并在这些移动中探索世界。即便出于本能地书写,这名年轻人对写作本身的深思却不曾停止。刘宸君曾自问是否具备书写的能力与资格，也曾向自己的老师，也是小说家的吴明益提问："害怕孤独的人可以写作吗？"此处对"孤独"的探问，已然是探寻生命存在意义的哲思，以至于刘宸君需要去穷究"为何书写"。

在2017年旅行印度、尼泊尔时的文字记录中，刘宸君更用尽末梢的气力，对过去所有疑惑进行最深沉的自省。这名年轻人以自身为圆心，张开地图，透过旅行与书写丈量生命与死亡的距离；并以身体感受山，试图逼近（或远离）人与自然之间的界线。其探索源自生命核心的纯粹，因此，在这些大部分仍只是为自己而写的文字中，处处洋溢着深邃与原创性。

这些刘宸君所留下的完成度、形式与叙事声音不一的文字散稿，在家人同意之下，由亲近的友人与春山出版社合作选编，其中包括游记、诗、书信、日记与杂文等文类，汇聚成这本《我所告诉你关于那座山的一切》。

——2019/07

目 录

从山里回来的一颗心

―――― 第一部 ――――

在路上

活着的人都正赶赴一个地方 / 003

The Mayor's Eyes / 006

12号国家公路记事 / 007

暂别印度平原 / 014

与一群曼尼普尔青年的相遇 / 021

穿越隧道 / 025

美丽世 / 030

抵达加德满都 / 035

营地生活 / 038

书写与山——线的两端 / 048

不抱希望的抵抗 / 054

第二部

旅人之死

棱线 / 075

背包 / 076

灾厄 / 078

指认旅伴 / 080

凌晨海边 / 083

画线 / 086

兄弟 / 089

请进 / 091

恶习 / 094

悬崖下的空瓶 / 096

止 / 98

碎 / 101

妒羡你浑然的碎裂 / 102

旅人之死 / 103

搭火车 / 106

午后 / 108

盲 / 111

断层 / 113

来自地平线的俯视 / 114

触觉——致我的疾病 / 116

奔跑 / 119

迷路日记 / 121

诞生是生命的遗漏 / 122

夜晚的白昼剩一点点 / 123

洒水器 / 125

这里无不是死亡的气息 / 127

雨 / 129

生火 / 130

他们只有火 / 132

海边 / 133

海边——致W师长篇小说《复眼人》/ 135

一盏灵魂的灯 / 137

超音波 / 138

属于岛屿——给认真生活的你们 / 140

农人 / 141

不写诗的时候 / 142

无诗 / 144

鼓手——给峨眉的一场雨 / 146

火葬 / 148

那些我们无从命名的 / 150

我们是那么热切地渴盼活着 / 151

永恒的代价 / 152

我均匀地呼吸 / 153

第三部

致信

为了更加完整而纯粹 / 159

想成为男孩的女孩 / 161

痛苦也能画成地图吗 / 164

生命中不能承受之轻 / 167

只有边界,叠上边界的边界 / 170

废墟与宝藏 / 172

一切由温度起始 / 175

诀别的直进是温柔的往复 / 178

你总是让他想起卡夫卡 / 180

拼图 / 182

贴近永生 / 184

第四部

夏天的少年

我所告诉你关于那座山的一切 / 189

山所告诉我的 / 192

在路上 / 194

隧道 / 199

短暂的回望 / 203

向这年瞥的一眼 / 211

遗忘即创造 / 214

残忍的善意 / 216

走山路，成为山 / 219

徘徊不去的时间 / 221

离开一个地方，进入另一个生命 / 225

到现场去 / 226

赤子 / 228

低空飞行的默契 / 230

旅伴 / 235

气味 / 237

火、山与云雾的语言 / 240

死者默默等待的想象 / 243

乡愁 / 255

告别竹东与一路向南 / 258

你看见前方的浪了吗 / 260

夏天的少年 / 263

山的房间 / 265

喜剧的悲哀性质 / 267

某天 / 270

关于母亲 / 272

爱 / 274

发烧者的呓语 / 275

你的海上天气好吗 / 277

移动的必要 / 279

书写的责任 / 283

终章

回家 / 291

给宸君

宝贝 / 297

无尽回家 Endless Homecoming / 298

送你 / 318

礼物 / 322

繁体版编辑说明 / 329

第一部

在路上

> 长途旅行成为练习守住秘密的过程，学习节制及保有自己的力量。练习在当下去信任时间，搜集"痛"的源头。
>
> ——来自碎纸

活着的人都正赶赴一个地方

2017 / 01 / 22

列车游：锡亚尔达（Sealdah）——火车——→巴奇巴奇（Budge Budge）——火车——→蜡烛油（Tollygunge）——步行——→迦利坛（Kalighat）与人民影展——→蜡烛油——火车——→达尔豪西广场（B.B.D. Bag）——火车——→加尔各答（Kolkata）——路面电车——→列宁路（Lenin Sarani）/ 尼马尔·钱德拉街（Nirmal Chandra Dey Street）

注：
一、印度在路上的大众交通工具基本上都是随招随停，只要车速慢就可以跳上去。
二、火车时间其实很准。

·死亡、符码、贿赂（交换）、诗与神（隐身）、归返。

死亡：到青年旅舍时，一楼是提供举行丧礼的空间，到的时候丧礼正好结束，一位双脚布满白斑的老太太被白布裹住被人抱了出来。我还没能理解这座城市的死亡，我感受到的是城市的"生"。汽车、嘟嘟车、人力车、老铁马非常有默契地闪躲，同时挤压彼此的空间，人们将巨大的物事顶在头顶，庄严地试图走到对街，孩童在车潮与人潮之间玩一只单薄的塑胶袋风筝、在路边的棚子旁洗澡。他们知道城市有人正在死亡吗？答案是否定的，死亡是城市的一场共谋。因此我们能够这样解释：这些活着的人都正赶赴一个地方。

　　贿赂：警察、围观。

　　诗与神：负重者的隐身、凝止的时刻／西西弗斯〔……〕

　　符码：岳岳能理解城市的符码及其运作／铁轨宽、路面电车的年份、列车＆月台的高低差、轨道会去哪里。

2017 / 01 / 23

当地火车：锡亚尔达 ————▶ 本冈（Bangaon）

　　火车上又是另一个市集——街上的延伸，但又在狭小的箱体中形成小小的世界。

　　他们对着我们的车大声赞扬，像是在彼此分享早晨传来的令人愉快的消息、战争的捷报、胜利的球赛。他们时而测试车胎的硬实程度、时而挤压喇叭、时而按压刹车，尽可能把这些崭新的发现传得愈远愈好。有时见到了来自远处的人，我们就以为自己拥有掌控距离的能力。但我更倾向欣赏另一种人：他们总是不发一语、隔着一段距离站在我们的身旁，肃穆的神情令人无法猜测他们是如何估量"距离"这件事。距离太过珍稀，不容轻视。

The Mayor's Eyes[1]

2017 / 01 / 24

──→ 停留巴伊戈拉（Baikola）

初至巴伊戈拉时，我们热切地感受到他们对我们的凝视，尤其这里的人都拥有一双长睫毛的大眼睛。在不断被凝视的情形下，心非常疲惫，以致忽视了我们自己是如何凝视他们的。

我的镜头就是村长的眼睛，他向我们展示令他引以为傲的物事，同时向他人展示我们。在他眼里，最重要的是神龛，其次是国旗、内塔吉（Netaji）的肖像，我们时常被要求为它们照相。我们的足迹遍布整个村庄，也被要求替每一户人家照全身的全家福照。有些人也会不经意地向我们展示令他们引以为傲的物事，比方说一位男人坚持和他的羊合照，某些按下快门的瞬间，我突然觉得自己好像正在做什么严肃的事。村长投射骄傲在村民身上，我们的出现致使村民回应了他的盼望。

有时我觉得自己也似乎正在伤害什么。我们进入学校、婚礼，所有人对我们惊呼，这算不算一种伤害？

---

1. 即《村长的眼睛》。

12号国家公路记事

2017 / 01 / 25

巴伊戈拉 —13号邦级公路→ 杜塔普利亚（Duttapulia）—11号邦级公路→ 克里希纳诺戈尔（Krishnanagar）—12号国家公路→ 巴哈杜尔布尔（Bahadurpur）——→ 辛哈迪（Singhati）附近

你只能一直移动。把装备背在身上时，像把自己也背着。深吸一口气，憋住，从一个村庄到另一个村庄。

2017 / 01 / 26

辛哈迪 —12号国家公路→ —122A号国家公路→ 巴桑达（Palsanda）

骑在印度12号国家公路上，即使路况不佳，仍然能够感受到笔直、平整的荒芜。戴上太阳眼镜后，印度平原的色调变成具有透明感的琥珀色，直到这时我才能好好观察不断减缓速度的一切。

觉得自己还没真正找到一种"箭在弦上"的生活方式，眼神尚未被磨利，还得在单车上多生活几天。快骑不下去的时候，我会将自己想象成一尊尚未上漆的泥像，就维持着那样的姿势，使自己全身干裂。

…………

1. 猜测与估量：在12号国家公路上，没有任何标志提供辨识，即使距离、方向的指标偶尔出现在角落，你也失去了读它们的欲望。我拥有一只码表，能告知我此刻移动的速率、今日的里程数，以及过往所有距离的总和，但我迟迟未将这只码表安置在我的单车上，即使安置了，我想我也不会去读它。我现在能够做的唯有猜测，我放弃估量还要多少千米、多少时间到达下一个村庄。我开始思忖,这一株树出现之后,会再看到下一株同样的树吗?骑铁马经过的老人,与重重压过路面的货卡之间相互关联吗?跟洪堡旅行南美洲的经验类似:南方夜空的星星和仙人掌都让他明白自己已经远离家乡,但只要一阵牛铃声响或是牛鸣,就能让他"仿佛重回泰戈尔的青草地"。我必须重新估量对时间和空间的观点,以单车旅行而言,你可以将各个遇见的物事视作相连的整体,但每样物事都将拖曳你至某处,那可能很深。

2. 岳岳拖车的轮组终于死了,整支花鼓爆裂,失去运转的核心。那天他如往常地骑在我前头,我在后头能清楚地观察他拖车运作的情形:左边的轮子开始大幅度偏摆,制造更多沙尘,随即像个垂头丧气的人静止下来。岳岳蹲下来试图将花鼓装回原来的位置,说时迟那时快,两位印度当地人立刻现身,也不先客套地询问岳是否需要帮忙,直接拿起工具动手帮岳修花鼓。来印度一段时间,时常觉得当地人会非常独断地替你"决定"一些事。他们时常"决定"你需不需要被帮助,这件事有时是温暖的,毕竟有时自己连自己需要帮助都不愿承认。(达赫帮哈凡打开车门)[1]

· 象群移动制造的剧烈沙尘。

---

1. 达赫、哈凡,小说《复眼人》中的两名角色。

2017 / 01 / 27

乌马古尔（Umagur）————→ 马尔达（Malda）——快车 13141 线——→ 新杰尔拜古里（New Jalpaiguri）

    印度平原的城市、乡下充满魅力，公路边的城镇令人作呕。

    行李车厢两侧的门可以拉开，即便是行进间也可以维持敞开的状态。移动的时候，就像坐在有观景窗的巨大箱子中。

    我记得那时岳直接走过去把笨重的车厢门拉开，风灌进来，变得极低极低的黑色地平线就像在闪动一样。许多家庭会在将近天黑时在门口烧一堆小小的炭火，店家会点亮橱窗上方一盏小小的灯泡（细节：挂成一串的零食，橱窗里各种形状、颜色的甜点），这些微小的光源似乎能够将某种共通的事物串联起来：这种串联的重要性并不在于使平原构成巨大的网络，在于它牵动了每一张脸孔。

    如果你曾经和同伴在夜晚时行走山径，一定会在某些时刻相信，只要有光亮的地方，就会有烟，通常那些时刻也是不得不去相信的时候。

    岳打开车门后，一直维持同样的姿势……

2017 / 01 / 28

　　在荒芜的 12 号国家公路上，踩踏沉重铁马的孟加拉男子、划桨般推动自己的轮椅前进、一路歌唱的老人，步伐蹒跚、制造沙尘的牛只，挤在公交车顶的青年，分别在不同时间与我的单车交会。他们出现不是因为他们在那里；事物以零星的方式分布，相互揭示彼此。

　　每天清晨，我和我的单车一起进入雾霾里头。灰尘落在我看得见和看不见的地方。霍顿告诉我，无名镇（Whoville）有重大危险，我们必须让整个镇轻飘飘地落在一株植物上，爬到最高的山头，将整个镇放在那里。这趟路程需要的可不只是勇气与意志，手中握有一个具体而微的世界，应当细腻以对。

　　在印度平原骑车的这段时光，特别容易想起这部小学看的动画片《霍顿与无名氏》。某天，大象霍顿无意间听见一粒飘在空中的灰尘传来细微声响，他用鼻子卷起一株蒲公英接住灰尘，尝试与里头可能存在的世界对话。灰尘里真的有一个叫作"无名镇"的村庄。拥有九十六个女儿的村长听见了霍顿的声音，也开始试图传达自己的存在给外头传来的噪音。

　　几天前，巴伊戈拉的村长邀请我们在村子多停留一天。见到村长时，我想起 mayor 这个英文单词就是因为《霍顿与无名氏》才学起来的。村长特别示意我携带手机，然后才开始带领我们绕行整个村庄。我的镜头即是村长直视村庄的视线，我们随着他的视线移动，在他指定的地点止住脚步，为他所展示的物事——照相。同时，他也向村庄展示我们。

我最常被要求拍摄的对象是村里的神龛、内塔吉的肖像，以及印度国旗。我第一次拍摄内塔吉的肖像时，被要求献上花朵；第二次村长指定的取景画面中，学校职员在左下角低头办公，他背后的肖像仿佛能够不断延伸。村长甚至带我们去到烧制砖头的工厂，他要求工作中的人们暂时维持固定的姿势，我举起手机立刻按下快门。扛着砖头实在太辛苦了。

为每一户人家照相的感觉则大不相同，我偷偷把 W 老师的方法学起来，先按快门才数一、二、三。由于语言几乎不通（多数村民不会说英文），只能借由手势或眼神理解对方的意思。有时候，我会觉得这种受限的沟通形式十分迷人。霍顿与无名镇的村长无法看见彼此，袋鼠妈妈认为霍顿整天对着一株蒲公英说话会教坏小孩，下令摧毁它。无名镇的村长知道危险即将降临，因此召集所有村民，每个人找出手边所有能够发出声响的物品。他们敲击、踩踏、吼叫，广场的扩音系统将微小的声音扩大好几千、几万倍，你可以试着想象声音变成一群蜜蜂。

和巴伊戈拉的人沟通时，你必须用尽"末梢"的气力。我很想把"末梢"解释为身体最脆弱，也最敏锐的部分。它能够感知音频的震颤、光线的汇流、冰晶与火焰的撞击，如同几乎每一种语言都拥有的表达极度思念、渴求远方、浪漫和破除浪漫的词汇。

暂别印度平原

2017 / 01 / 29

西里古里（Siliguri）──────→ 伦格博（Rangpo）──公交车──→ 纳姆吉（Namchi）──────→ 拉旺格拉（Ravangla）

・车长撕下十张纸条，一张代表二十卢比。

（时常看见车长收钱时，会从纸钞的宽边将纸钞折成二分之一。）

2017 / 02 / 01

搭上离开西里古里的公交车后,意味着暂别印度平原。此刻我以回想的形式准备写下由印度平原至锡金、在锡金生活四天的种种,我能够告诉你西里古里骗子的伎俩、颠簸行驶的吉普车、拉旺格拉镇市集的野鸽,和湄南山(Maenam Hill)的纤瘦女孩。视线穿过树与藤蔓望见的圣湖和风马旗、刚煮好的白饭与猪肉、绿度母庙(Green Tara Temple)与河流、移动的实践与想象、很快被云遮住的干城章嘉峰。

但也许在当下,这些事情并不是这样子的。事件正在发生时,会清楚地意识到时间正在流逝,即使陷入某种状态或情境而暂时忽视这件事,心底还是隐隐约约意识得到。这种感觉很像不小心与谁共谋了什么似的。

我向来认为自己的记忆模式是瞬间、跳跃式的,我特别容易记得某些我认为重要的瞬间,整体的事件变得不那么重要。当然,这很可能是因为一旦开始回忆,事件本身就是真的远了。常常听到"旅行是为了制造回忆"的口号,但我有时根本连当下都不知道怎么制造。如果持续步行、专注聆听、指认远处或近处的事物这类状态是可以"制造"的,那我又要如何相信"制造回忆"？我唯一能够确认的，就是事发当下的"共谋"，就是"接近"与"远离"二者首次对视的时刻。

…………

"他是地理老师，所以知道锡金跟拉达克。"
"那他知道这个村子，有这样的一片树林吗？"→"猛烈的探索带来理解。"

如果你继续追问下去的话，看待事物的尺度会愈来愈广，就像有好几把量尺那样。但即使你拥有所有尺度的丈量方法，终究无法进入他者的尺度。你在那条线的外头。

…………

度母（Tara）是印度教的神。在你被困在河岸边时，她会拉着你的手领你渡过河岸。知道这个意象令我感到平静。这并不是出于某个被允诺的未来，而是河流就出现在我面前。河流包含一切过往。在只有烛光光晕照明的庙宇，过往的一切细节如同骨骸般地完整呈现，无法穿渡。

走锡金的山路时不会特别意识到自己远离了家乡。目前走的山径海拔大约两千米,和台湾中级山海拔相似。走上山前,不论在哪里都有相似的感受:觉得自己必须重新适应什么。这种感觉我完全不陌生。

2017 / 02 / 02

凯曲帕里湖（Khecheopalri Lake）——> 域松（Yuksom）——> 杜布底寺（Dubdi Monastery）

沿着徒步小径（trekking trail）蜿蜒而下，一座牌楼出现在左手边的角落，零零散散的人群在牌楼前活动。烟雾从坐在椅子上烤火的人之间向上飘升。等岳走进我的手机镜头范围，我开始观察孩子们的游戏：他们在地上叠起三片石片，手中持粉红色塑胶球的孩子用力踢毁叠起的石片，游戏正式开始。这有点类似我们熟知的躲避球，其他孩子四处逃窜，若有人被击中，则换他当鬼。

2017 / 02 / 04

此刻我和岳两个人坐在二等车厢的残疾人车厢，各自倚靠一盏小小的头灯为身边的事物照明——早上由达希丁（Tashiding）搭乘吉普车至乔雷唐格（Jorethang），原本打算在乔雷唐格换车去大吉岭（Darjeeling），但后来被告知已经没有直达车了，要绕到偏离大吉岭许多的梅利（Melli）换车。我们决定放弃大吉岭的行程，直接回到西里古里领回寄放的单车，准备继续搭乘火车前往东北七邦。

我们先由西里古里开始搭乘，到阿里布尔杜阿尔（Alipur Duars）站后等待隔天清晨四点开往古瓦哈蒂（Guwahati）的班车。不过在西里古里上车时，却因为被车长勒索而意外得知这两班车所使用的列车是相同的，也就是说，到阿里布尔杜阿尔站后，我们无须把单车和登山背包移下列车，只要在列车上等到清晨四点，列车就会再次发动，将我们带到不算真的目的地的目的地。对旅行而言，没有一个目的地是终点。

待在一列不会移动的火车上是什么感觉呢？一列不会移动的火车还算是火车吗？但待在这里的时间感很怪，外面传来的火车、汽车的喇叭声，火车调车移动的规律声响，喇叭放送的音乐声，让我深切地知道自己离某个世界极为接近，却被车厢隔在另一个世界里面。我在想，也许无法移动的此刻，正是另一场猛爆性的旅行也说不定。

→旅行——在铁轨边生活的人们

情境：B坐在A对面的椅子上，他们刚吵完架，陷入不知如何是好的沉默。B睡不着，但也无法做其他事情（包含书写），只好紧绷而倔强地坐着。在没有任何照明的情形下，B看着A打开一个薄薄的塑胶袋，捞出一个长而弯曲、看起来十分脆弱（易碎）的事物。B听到打火机敲击的声音，火焰剧烈地包覆（裹）它的前端，直到A用力吹一口气，空气中只腾下火的小小的印痕。A将它钩在窗上，除了横向的、像是百叶窗的设计，这扇被拉下的窗户势必也拥有垂直结构。烟缓缓飘了出来，直到这时B才知道那是蚊香，烟进入室内后，又向外绕了出去。B觉得烟似乎要回到什么地方，不过这个念头旋即消逝（A点完蚊香后，像是毫不在意似的躺下，却浮躁地不停翻身）。B用迟缓的步伐走到对面，才突然哭出来。

与一群曼尼普尔青年的相遇

⎯⎯→　　　　　　　　　　　2017 / 02 / 06

　　待在古瓦哈蒂的一日半很可能是目前除了锡金外最放松的时光，尽管刚抵达时找住宿不断被刁难，很多便宜的旅馆都不开放给外国人住，最后勉强住进政府机构设立的旅馆，但一间房却要一千五百卢比。也许是突然一次失去太多钱，随之而来的念头竟然是："住宿都花这个钱了，那干脆吃饭也多花点钱好了。"这个念头奇异地令我们放松下来。

　　古瓦哈蒂和加尔各答充满暗示的庞杂感完全不同，古瓦哈蒂同样拥有暗示，但你并不需要费心地破解错综复杂的谜题。发现暗示的感觉就像有人把火车站的垃圾全数清除、整栋建筑突然变得安静而空荡，这令人感到错愕，同时夹杂些微失落。你会在某个转角发现巨型的 KFC 招牌、陈列精致女装的橱窗、拥有遮阳篷的露天餐厅，尽管这一切也可能夹杂在陈旧的杂货铺子、路的边缘烤玉米的炭火中，但你不会像在加尔各答那样不停试图去辨认什么。

・令人着迷的微小事物：烤玉米的炭火、地上的彩虹旗。

....

纪念在锡尔杰尔（Silchar）与一群曼尼普尔（Manipur）青年的相遇。

——以绿日乐队《9月结束时叫醒我》（Green Day-Wake Me Up When September Ends）手抄歌词。

罗尚（Roshan）家族史

两百年前祖先从曼尼普尔到锡尔杰尔，爷爷弟弟的妻子年轻时住米佐拉姆，丈夫是警察，退休后搬回锡尔杰尔。

她坐在下层的床上，跷着双腿抽烟。烟雾随着她的话语颤动。不说话的时候，她就像静止在那里一样，即使烟雾并不是。

伊布豪（Ibuhau）家族的肖像

军人父亲和母亲合拍的半身照，布幕是蓝灰色的，虽然感觉是去廉价的照相馆拍出来的，但仍感受得出慎重。

大家会挤在床上说家族的故事，时不时放声大笑，尽管我们听不懂他们的语言。

回忆跟这些男孩的相处过程时,我会努力地将所有的细节找回来,这是重要的。这些细节整体而言由生活构成,我得把这些顺序记起来:拜访罗尚的舅舅和妈妈家,六个人挤一台嘟嘟车去购物中心,到购物中心经过服装店和表店的橱窗,走上楼梯抵达位于二楼的超市,买完酱油后一人拿着一盒咖啡牛奶在街上喝,在市集买了红萝卜和高丽菜,逛了那加(Naga)社区,为伊布豪买了生日蛋糕,再去拜访他家。不晓得为什么,我觉得像这样子和他们生活一天,就能稍稍离他们的历史接近一些。我所接近的并不是一个大历史叙述,而是一种由个体的生命构成、能够隐隐约约望见的集体图像。

我们来自同个地方——我们都属于蒙古人种。但与其说他们在乎我们是否拥有相同的来处,倒不如说他们更在意最终我们分别走到了哪里。

…………

"There's so close to the Ocean, isn't it?"(这儿离海很近,不是吗?)

戴着墨镜、来自其他地区的大哥在渡船上对着你大喊,风、河水拍击船身,引擎运作的声音几乎要盖过他的嗓音。过了布拉马普特拉河,搭上嘟嘟车,又开始展开一连串的移动,坐在后车厢时,你几乎以为即将要习惯这一切了。

再差一步,你就会真的相信了。

穿越隧道

2017 / 02 / 07

　　大约一周前，圣岳联结在单车后轮的行李拖车花鼓严重损坏，在印度无法维修，只能等待一位 3 月将和我们在尼泊尔会合的朋友从家乡带来新的轮组，才能继续倚赖单车移动。事实上，我们很可能都非常庆幸这件事发生。西孟加拉邦实在不是个适合骑单车的地方：每天你吸入大量的雾霾，车辆疯狂的驾驶技术、一长串音色诡异的喇叭声令你完全无法理解自己到底置身何处，觉得生命都被扯成一串诡异的音符。当你停下自己的单车，身边会瞬间挤满围观的人群。你完全不晓得他们是从哪里冒出来的，就像刚拔完草却下了一场大雨，无法理解杂草又是什么时候长出来的一样。

　　这阵子我们得仰赖火车进行移动。出发前，我确信我的 Masi CX 旅行单车能够带我穿越任何地方，到了印度却时常不断质疑这件事。有时我被困在车流中，觉得自己根本骑不出置身的公路和街道。扎营通常是困难的，必须往前不断推进，直到找出不会乱开价的旅社为止。往前推进时世界无止境地运转，所做的一切仿佛都回到某个原点。我们以极其疲累的语气强撑着脸上的微笑，回答每位围观者的问题，心中不断祈祷能够尽快拥有自己的空间。但和其中某些人的眼神对上时，我又会突然觉得自己正在介入，甚至破坏什么。我情愿自己从未抵达这里，也情愿自己不曾拥有这部单车。

铁轨将某部分人的生活一分为二，这一岸和那一岸的生活是相互对称的。你能够在铁轨两边看见正在晒晾的鲜艳衣物、凌乱的被褥、煮食的炊烟。从古瓦哈蒂到卢姆丁（Lumding）的路途上，我甚至看到铁轨两边的人们都捡拾了印有甘地头像的广告看板作为篷屋的建材，宛若一个坚实、严密的社群。当然，铁轨上也会有零星的小小社群，在加尔各答附近移动的区间车上，有人把整个沙发搬到铁轨上，一个女人就坐在上面晒太阳。火车接近时会对这些人按喇叭，他们就自动移开铁轨上的家当，等待火车通过后，再回到铁轨上继续生活。

二等车厢的走道时不时会有人来回穿梭，贩卖任何你的想象能触及与无法触及的物事。卖矿泉水的小贩会把箱子扛在头上，卖某种咖喱豆的小贩则是一手提着装满豆子的铁桶，另一手拿着非常薄的塑胶容器。如果你要买一份那种豆子，他会把铁桶放在你面前，把豆子舀进塑胶容器里头给你。坐在我们对面穿着传统服饰的姐妹，其中一位还穿了鼻环，用名片那类较硬的纸剪成的纸条舀那些豆子吃。我们也碰上不知如何面对的时刻：一位流莺直接在走道对圣岳提出邀约。遭到拒绝后，她带着她的骄傲离开。那是种轻佻却绝对不容被侵犯的气息。

火车驶入森林，穿越平坦的田野。在火车上，隔着一个距离看待事物的时间变多了。我并不因此认为自己正在远离什么，尽管真正的接近是不可能的。"穿越"意味着暗示的发生，在池塘里用力撒下棕色渔网的妇人可能是一种暗示，停在槟榔树丛中的铁马是另一种。背着弓箭的父子，往森林的方向走去。

我们打开平板电脑里的离线地图。这列拥有三十几节车厢的列车前半部已经开始左转了，后半部却仍在右弯。离线地图记录着列车行经路线的变迁：原先隧道并未被打通，列车必须拖曳着曲折的轨迹，绕过一座山头；甚至最后我们推论那条铁轨很可能能够通往缅甸，因为旧铁路在地图上显示的是东南亚规格的米轨，而非印度铁路常见的宽轨。在台湾的时候，我们曾经在废弃的旧隧道里头扎营。那时我们的呼吸一定变得谨慎而缓慢；我们或许真的以为，火车的灵魂会从那个迷幻的深处冲出来，但却不曾发现，可能是自己被吸进去了。

前几天，我们悄悄回到一列暂时不会开动的火车上，在火车里度过一夜。

大约晚间十点，我们抵达阿里布尔杜阿尔站，原本打算在车站睡一晚，等待隔天清晨四点开往古瓦哈蒂的班车，却被车长告知我们能够留在车上，清晨四点这辆列车会继续开往古瓦哈蒂。重新走回列车上，电源全数被切断。世界并未跟着死去，我听见远处传来的汽车喇叭声、火车调车移动的清晰声响、巨大的电子音乐声，使我明白自己仍然与某个世界极为接近，但却被隔在另一个世界里。

我们在空荡的车厢中为了非常小的事情吵了一架，与其说在旅行中，任何微小的事件都能够使接下来的旅途变得令人难以忍受，我宁可将我们的争执视作为了避免旅途的重量变得太轻，得用这样的方式使重量回复。他想躺下，身体却十分僵硬，而我也在他对面的座椅上无法动弹。随着时间过去，他缓慢地从背包中摸出一个非常薄的塑胶袋，拿出一截细长的物体，直到打火机敲击的声响传来，我才知道那是他在泰国买的蚊香。火团包裹住蚊香的前端，吹熄后只剩下火星，烟雾一丝丝地飘升。他把蚊香卡进窗缝，关上的窗户上面有百叶窗式的横纹，但肯定也有垂直的结构。

我站起身，往他那张椅子的方向走过去。坐下来后，我将原本深吸的一口气吐出，才真正开始流泪。我必须用尽全身的力气节制自己的情感，才能允许自己流泪。我若不这么做，火车就无法驶进沿着平原展开的夜色里，而我也无法和他在车厢里再多待一些时间了。

美丽世

2017 / 02 / 12

北勒金布尔（North Lakhimpur）——公交车——→马久利岛（Majuli）

接近日落时分，住我们隔壁的法国男子和美国老夫妇提议步行至两千米外的地方看夕阳。即使对现在的我而言，重要的也并不是夕阳本身，"走到太阳下山"这件事可能比较吸引我。

步行的过程中，有许多物事和我们擦身而过，比方说一大群牛只、搬运稻草的妇女，但那些骑着老铁马远去的人们的身影却比其他物事在我脑海中停留的时间更久，久久挥之不去。他们的时间似乎与这个地方所有人的时间不同，这种感觉和在12号国家公路上有点类似。

我跟岳岳说，我想干脆在印度搞一台老铁马回来，以后就骑着它环游世界。我欣羡那种时间感。我们开始谈论单车的结构，岳岳说其实他的台湾云豹是老铁马的三角结构，我的 Masi CX 这类欧洲车款结构上就和老铁马有差异。

· 印度大众单车品牌：Hero。

有时我真的会觉得在印度骑单车就像在伤害什么一样,但实际上到底什么事物被我伤害了我并不清楚。这种伤害的感觉并不真的是因为撞见此地的匮乏或贫穷。我从不真的认为印度是个贫穷或匮乏的地方,相反,我认为这里充斥生命的象征意涵。我认为自己伤害了这个地方是因为自己扰动了时间与空间里的什么,感受到自己存在的不和谐。

和谐的方式唯有抗争。我们在围观者聚集时死命守卫自己的家当,拖车轮组毁损时蹲在路边维修。有时你并不确切知道自己在守卫什么,但你只能死守着。你得这么做才能对等地站在这个地方,才能继续踏踩下去。

那些骑老铁马的人出现时,他们的存在就不只是当地的一部分而已,因为彼此已然产生关联,即使你们并未实际接触过。他们从这里到了那里,静悄悄地向时间和空间里的什么抗争,同时致意。但这样的存在很接近 W 师《浮光》里的《美丽世》。他为之神往,也为之神伤。

....

洪堡从来不曾觉得离家这么远,要是他现在死去,恐怕得要经过数月还是数年,家人和亲友才会发现。

他知道这封信不可能抵达目的地,但并不要紧。在他们当天晚上停留的安第斯偏乡写信,是洪堡唯一能与兄长对话的方式。(《创造自然》)

即便已经到了远方,这是不是也是"千百种限制与孤独"?

2017 / 02 / 15

──────▶ 停留古瓦哈蒂

这阵子开始觉得"身体里的声音消失",在观察和记录上都未能拥有突破,找不到什么核心。修过自然书写与阅读过《创造自然》的经验告诉我,核心介于理性、缜密的探索和灵魂深处的感知之间。最近的我无法由一个又一个小小的核心一一击破,我想我必须开始成为蜜蜂了,如果不这么做,我想我会渐渐死去的。

"理解事物的运作法则"对我而言仍然是困难的吧。即使也稍稍浏览过一些资料,我却时常无法把资料和实际事物联结起来(也许是因为这样,我才无法一直专注在检索资料上)。

我想,总有一天,我必须理解火车往何处去、在哪一站会车、所经过的地方地景如何呈现。我得去设想一些情况:他站在平交道前等了两小时,但他从来不可能知道那班火车已经被取消。这件事这个村子里的人从来不会知道。他们再也没有爱情。他知道火车开出去的时候会往北方转弯,他以为他只记得这件事。

火车转弯时,不同阶级的人们必定都经历相同的奇幻时刻

（车厢晃动），这些晃动有可能改变某些人的一生。

你必须知道火车在哪里会车，否则你不会知道一对青年男女躲进行李厢，迎接他们的是无数火光（汽化蜡烛是把汽油倒入形状像蜡烛的金属罐里做成的）。

你必须知道和移动相关的种种，但有时你宁可自己什么都不知道，你就会以为大家都会和你去到相同的地方。

- 印度平原——阶级分明。
- 东北部——彼此接触。

抵达加德满都

2017 / 02 / 18

我其实不太想知道自己到底怎么到这里来的，仔细回想起来，很多时候我根本不知道自己是如何到达某些地方的。最好别太用力回想，否则这件事会失去意义。

我大致可以把从古瓦哈蒂至加德满都的移动告诉你：先搭乘周四下午六点半由迦摩佉耶枢纽站（Kamakhya Junction）开往穆扎法尔布尔（Muzaffarpur）的长途火车，勉强挤上车厢的上铺，加上误点时间，隔天下午将近四点抵达穆扎法尔布尔，在几乎没有做任何事的时间的情况下，搭上六点四十五分开往边境城市拉克绍尔（Raxual）的班车，却又因为误点在丝毫不打算移动的车厢待了四小时，总算才在深夜两点抵达边境的车站。

当我清晨自上铺醒来，随之展开的是永无止境的晃动。我几乎以为自己已然熟悉这样的状态，就像身边那些把整个生活搬上列车的人们。世界在近乎沉睡的情境和节奏中晃动，今天的云层将地平线之上的一切包裹住，只是地平线实在延伸至太远太远的地方了，导致在这里生活的人们都认为自己已然离开了什么。原本在田埂上嬉戏的孩童，看见火车从眼前通过，都会作势将手中的物事抛掷出去。有时是竹枝，有时是泥块。但我曾看过一位男孩的手始终空着，列车通过的速度正好足够被一把隐形的枪射击。他比出开枪的手势，但在我意识到自己被子弹击中前，他很快地缴械了。

"找不到继续下去的理由"是件极为寻常的事，总是会有一些时刻你完全不知道自己为什么在这里；你感到荒谬、与处所不相称，没有任何事物能够说服你。岳岳的视线从没自窗外移开，他在看什么？他在看什么呢？与其说他正专注于某种事物上，他的状态比较像是他者的时间都在他自身之外。有的时候，我会怀疑这算不算是对他人漠不关心的结果。你知道的，有时候即使是爱也很难找到理由。我想在此跟各位说明一下旅行另一层面的特质：理由时常存在于不特定的事物中，吹到一阵良好的风、撞见挑沙子的老妇人，感受会立即变得截然不同；理由并不会很明确地被"找回来"，但你知道自己在某个地方。你知道自己就在某个地方。

接近拉克绍尔时，倚靠登山背包坐着睡眠的我又肩颈酸痛地醒转。紫色的深夜是黑暗被照耀的结果。我问岳怎么会这么亮，他伸手指着车厢另一侧，对面巨大的工厂释放过多的照明。雾气像过多的睡眠般沉降,而我明白这种光亮不是真的。

·加德满都长发(稍长)男子缝补鞋面的神情→《天桥上的魔术师》。

·沙子装进老妇人的背篮。

营地生活

2017 / 02 / 20 ~ 2017 / 02 / 21

- "你到底会不会爱?""我不知道,爱都是你教的。"(《沙乡年鉴》)

  1. 谁才可以随大雁而去!(《但愿我是风》)

  2. 矛盾为终结→经历了够多的凝视与亲近之后,也就没有荒野可供珍爱了。(《沙乡年鉴》)

- 《三傻大闹宝莱坞》——他曾像风一样自由。

2017 / 02 / 22

徒步路线：萨劳库・科拉（Salaukhu Khola）附近营地 ⎯⎯⎯→ 菲古利（Fikuri）⎯⎯⎯→ 高利・贝西（Kaule Besi）

在溪谷扎营对我而言是件具有特殊意涵的事。试想象山和山之间有一个既开阔又隐秘的地带，人们下到这里捕鱼、煮茶、扎营，就像活在巨大的摇篮里面似的。尤其到了夜晚，当你走出帐篷取水，会先被谷风吹醒，内里和末梢的感官因而变得异常敏锐。你必须放轻脚步，凭借脚尖的力量，将体重从这颗石头移到另一颗石头，当你这么做时，会突然以为星辰和月亮如此近地陪伴着你，但它们不过只是如实地在那里而已，你突然成了全世界最寂寞的人。

你必须面对黑暗，随之抗衡的是在黑暗中生成的光明。你握拳面对着山壁，溪里石头仿佛能够浮出水面。《复眼人》里复眼人只在某些情形下出现并与人对话：独处的时候、陷入必须面对什么的时刻。哈凡的伊娜和复眼人说话时就是在溪边，而哈凡终于追上寻找廖仔尸体的伊娜时，"伊娜的头发在水里散开，变成一朵黑色的花"。

我在暗夜的溪谷谨慎呼吸时，真的会以为复眼人随时都会来跟我说话。我以为他会朝我走来，我准备迎接他的到来，心里面也有东西一直向外流去。我去过排骨溪之后，我虚构了他的死亡，用文字重现此地人们古时征战的情形。最终一切终将逝去，而重现、逝去即是生和死的往复。从前的我可能会这么说，但现在……

· 尼泊尔老妇人 VS 缅甸（东北）老妇人。

· Where are you going?（你要去哪?）→ 菲古利婚礼坐我对面的男孩围着深色哈达问我。

2017 / 02 / 23 ~ 2017 / 02 / 26

高利·贝西 ——————→ 辛尔哈山口（Singla Pass）——————→ 塞尔通（Sertung）

　　自从离开高利·贝西后，就没有遇到什么村子了，只有零零星星要回拉布杰德（Rupchet）的村民，从回忆的角度来看，向他们问好的同时意味着该向某些事物说再见了，但在当下我们可能尚未意识到这件事。你以为自己不过是继续往哪个方向走去，对于正在走进什么却毫无觉知。

　　前两天的山径以陡上坡居多，在23号过夜的溪谷营地前，我们不曾发现雪的踪迹，要是雪线再低一些，这几天的生活可能会发生全面性的改变。事实上我们难以指出什么事情会造成全面性的改变：可能是一双被遗忘的手套、调整得稍微不平均的背包侧带，也有可能是喜马拉雅熊的爪印、地震中塌毁的山路，或者是我们终于接上正确的路径、离塞尔通村只剩一千米时所见的喜马拉雅猴（待确认，白面）。

　　23号时，我们不断抓紧每个与村民相遇的机会，尽可能确认往拉布杰德的路径是否正确。每个人指着远方的路的手势和眼神都不一样，有些人会背向远方直接对空比画出一条仿佛不存在的路径，而有些人会锁定远方，使远方成为真切存在的事物。

在谷地扎营是种完全令人无法想象的可怕，在没有刀的情况下，砍断树枝作为柴火是几乎不可能的，只能捡拾落在地上的木头或村民砍树劈出的木屑。但即使已然生火，低温还是以一种令人无法想象的方式渗入我们的帐篷里、身体里。我们在将近清晨时分醒来，所有置放在帐篷外的装备都结了一层霜，而夜晚的气温也超过了睡袋的极限温度，我们只能在睡袋里不断发抖。离开谷地时，我们仍然必须将所携带的衣物全数穿上走一段路，才能脱离缺乏阳光的冰冷所在。

已经开始不再相信自己所设定的时程，也不能全然倚赖地图上的路径。村子里的人报的路时常比地图上的路轻松许多，能够走平缓的古道。但时间时常是不可信的。

· 尼泊尔人 → 映着山的民族、肖像（背山、面山的时刻）。
· 要学生火必须从顾火开始学起 → 必须先了解火的特性。

…………

我从没有这种疯狂书写的冲动，即使曾经有过，也不曾像现在一样疯狂思念着什么。洪堡有时也会陷入"在夜晚疯狂写信的时刻",但他隔天便会忘记这件事,要几个月后才有可能再次发生这种情况。在超过海拔三千五百米的这几天,我激烈地陷入回忆的状态,即使这么做是有风险的,但回忆仍然时时刻刻像寒冷一样侵袭我的脑海。

人生跑马灯不只在濒死的时刻才出现,事实上当我们独自一人时就不断在出现着。接近死亡时,不过是影片的最后几节,你下意识地骂声"啊干",就开始步入结束的时刻。那时我们必须自一面积雪的山壁下切,除此之外别无他法。为了避开过于陡峭的地势,我们一手扶着山壁,打算慢慢沿着山腰之字形到达下头。但我在积雪上踩出脚点时踩得不够硬,一脚不稳,另一脚偏偏又踏进大腿深的积雪,重心不稳的结果导致我开始滚落山壁。一阵空白之后,求生的本能迅速填补缝隙。我本能地将手插进雪里,身体才停止滚动。

回到没有积雪的山径后,我陷入接近谵妄的状态,疯狂地想离开这里的一切。但离开地狱的方法是只能继续行走,连流出一滴眼泪的时间都不被容许。是真的没有那个时间。

在白天看来亲切而美丽的地方,到了夜晚却会成为登山者的地狱。当然,你能够在太阳隐没之前看出一些迹象,变成枯骨的树木意味着季节的残酷,霜冻的草原则意味夜间骤降的气温。尽可能不要全然信任任何地方,即使必须倚靠它。

@塞尔通

·辛尔哈南北向,北面雪多/牛羊4月上山,11月下雪前下山。

·溪谷都是硬冰。

2017 / 02 / 28

@温泉

·底线 → 坚持不冰攀 → 知道自己达不到某个状态。

赶牛犁田的人的吆喝听起来像是吟唱,已然形成旋律。时而盘旋、低沉,时而拔高,辅以口哨。而你知道这一切可能会消失,或转变形式(新的徒步路线人们打算做起来)。

2017 / 03 / 01

今天早晨吃饭时,感觉左下排某颗剩下一半的牙齿开始松动,这是昨天吃印度面饼(roti)时不小心咬到过焦的部分造成的。把米、面粉和睡垫用力塞到大背包底层,将更轻的事物叠在上层,即将打包完成、准备离开前,我用各种方式想直接把那颗牙齿摇下来。流了一些血和经历无数疼痛之后,牙齿总算脱落了,但我却也开始晕眩,走了一小段草木丛生的陡上路就无法再继续前进。

于是我们又回到温泉附近的营地,将帐篷重新搭好、营火重新生起。幸好昨天捡了过多的柴,不须担心一整天无柴可用。我躺进帐篷里,即使盖了睡袋,身体还是些微发冷,晕眩也没停止的迹象。

虽然如此,我们却也得到一整天的营地生活。我们的营帐扎在吊桥下方,离温泉水池只有几米,为了避免隔日清晨水汽凝结、弄湿帐篷,我们设法使营火的热气能够进入帐篷。

出发至今,我们的营地生活俨然形成一些规则和规律。我主要负责的工作是捡柴,岳负责生火和煮饭,其他琐事也几乎是我在处理,因为岳不能离开那堆火。

在缺乏山刀之类工具的情况下，只能尽量搜寻掉落的干柴。在低海拔地区（两千米以下）的溪谷地带通常能捡到岸边的枯枝落叶，如果往高处走，也能在山径上捡到干燥的木头（气候不湿、砍柴的木屑）。高于两千米、又是在迎风面的山坡，则能够轻易捡到经历风霜、枯骨一般的树干和枝条（种类？）。

在温泉营地这里，我分别在以吊桥连接的两座山上捡拾木柴。靠近我们这一侧有背负木柴（有叶和无叶）的妇人家，大约早上九点她们空着手到吊桥另一头砍柴，下午三四点才会一篮一篮地回到这一头。另一头的山径上能够捡到许多废弃的木头，也有许多干燥的动物粪便。羊和驴子会列队过桥，小羊的叫声很像婴儿的哭泣。

书写与山——线的两端

→　　　　　　　　　　2017 / 03 / 04

　　书这种东西一定会一直存在的，一定会有人需要书 → 塞尔通住处厨房内的火堆，有时我会觉得那象征希望，炉子里的食物总是不会使路过或特地前往此地的旅行者失望。但看过老板娘煮食的一切过程，会推翻这种说法；你会觉得不过是有某个人在某个时刻适时地找来一些柴火引燃而已，老板娘的神情看起来很轻，却一再担任以生命的重量引火的角色。

　　1. 河阶地——欣敦（Hindung）、塞尔通梯田。
　　2. 他路（Another way）→ 山的另一头、悬崖路。

…………

　　因此，历史，不论是沼泽史还是市场史，都以矛盾为终结。这些沼泽的最终价值就是：它们属于荒野。而鹤是荒野的化身。但所有的荒野保护都是自我欺骗，因为想要珍爱荒野，就必须凝视它、亲近它,然而,经历了够多的凝视与亲近之后,也就没有荒野可供珍爱了。

——《沼泽地的挽歌》,

收录自利奥波德《沙乡年鉴》

2017 / 03 / 05

　　亲爱的聆听者，请原谅我，这几天的我没能好好书写，意即我已经许久不曾好好对着某个不甚特定的对象说话。我现在有了写信的冲动，只是不知道该将谁设置为接收讯息的对象。也许我真的该好好找一个人说话了。

　　当我进入上述的状态，书写这件事开始变得不一样了，开始产生奇特的疗效。这并不是指书写是种作为治愈什么的媒介，但有某个世界在宁静之中突然舒展开来，这会令我联想到欣敦那场很快席卷而来，却也很快收拾自身离去的冰雹和雨水。

　　我想将这个情境命名为山，而我为之脆弱，同时与之抗争的是不断的情感拉扯。

　　从第一个温泉到欣敦的路上，必须过两次桥。很多时候都是这样，这岸没有路，就想办法到另一岸，最后再设法越过什么回到这岸来。我们一直在做类似的事情，即使两个村子的所在地拥有相似的海拔，你也必须先下切到非常低、几乎接近溪谷里的地方，再缓慢地爬回另一个村子的海拔。

　　塔芒以前的健行路线有许多河阶地，因此能够开辟成壮阔的梯田景观。接近村子的时候，就可以听见养牦牛的人们各自放不同的歌曲，每种音调的存在都是为了使这一切趋向和谐，但从某些角度看似乎又不是这么回事。

离开欣敦住宿地的早上，吃着普里（puri）[1]时，男主人的父亲平白无故地递给我们一张单子，上面写一千尼币的款项。我们以为是餐费的收据，所以很快地将一千尼币给他，但没想到临走前男主人又开了一张收据给我们，上面详细列出餐食和食材的款项。我们表示了疑惑，他父亲就将一千尼币的收据拿出来，指着上面的文字，我们才看清楚那是资助修筑通往象头神山脉（Ganesh Himal）健行路线的捐款联。他父亲用半威胁的口吻和我们说："If you don't pay, we will don't like you."（如果你们不付钱，就会被我们讨厌。）我们回到塞尔通时向当地的 NGO 确认，才得知我们可能被骗了。

今天以前（03/05），我一直不太能确定拉扯自己的事物具体到底是什么。我只知道自己受不了他的毛毛躁躁（尽管我知道那是出于他十分重视每个细小的环节），以及缺乏核心却异常笃定的步伐。我想我已经写过、思考过不下数百次，但我认为他缺乏核心也可能是我对他的核心缺乏理解。我终于在今日理解他情感拉扯的所在：我太少在帐篷外陪伴他。

---

1. 普里，油炸制成、黄色的印度面饼。

2017 / 03 / 06 ~ 2017 / 03 / 08

对了地图之后，确认了我们从辛尔哈硬是下切：向北的河谷，在那之后我们由经过塞格当（Sektang）的小径回到主路，走到一处草场时不小心往博朗村（Borang）方向走，发现河流走向是向西而非向北，才转换方向。

· 欣敦后山森林烧出一道痕迹。

…………

我想我也许已经能够试着解释"孤独"这个词的意涵了，只不过必须以"在山上"的思维来进行。除了思考自身的孤独之外，我也必须设想伴侣的孤独，两个人不止千百种的孤独碰撞起来，虽然能够使寂寞被免除，却往往会陷入比寂寞更艰难的处境。

我很清楚自己对山的理解仍然甚少，但有的时候却又觉得自己能够理解山传递的讯息。我在想他的孤独是不是害怕自己事实上终究到不了任何地方，这种潜在的恐惧藏在每个徒步者的心中。我并不想成为这种孤独的拥有者，我并不想全然跨越到线的另一头：线的一头是对世界的认知，另一头是对自身的体察，而我希望自己站在这两者之间，因此必须承担情感的拉扯。

- 面对象头神山脉时，辛尔哈在身后 { 面山（趋向某事物）/ 背山（远离）

- People get weak.（人们渐渐脆弱。）

不抱希望的抵抗

→　　　　　　　　　　　　2017 / 03 / 15

苡珊：

我不晓得自己能不能够活下来将这封信交给你，如果我能，我希望能亲自在加德满都交给你这些话语；但若我不幸和圣岳死于现在藏身的狭小岩窟，这些文字会随着时间缓缓地被浸湿成糊烂的纸浆，那么就再也没有人能够读到它们了。但即使是如此，此刻我仍然必须留下什么。书写这些文字的目的，也许并不真的是为了被发现，而是因为我始终相信你所说过的：有些事物即使不被发现，却不代表它不存在。这件事深深地印在我心中接近信念的物事里头。

原谅我此刻的字迹非常潦草，这里的积雪尚未消融，气温一直都非常低，每天我们为了节省存粮，一天只能吃半包饼干，我的体力已经逐渐开始不支了。

我从未像现在这么贴近死亡。

我已经能够体会约翰·伯格所说的"死者默默等待的想象"，也开始理解为何他说宗教的存在是为了明白生者和死者之间的交换。我和圣岳原本都不是特别信神的人,但我们每天开始自创许多宗教仪式试图去得知自己的命运一点点。我们每天都处在盼望、恐惧、不安和偶尔的绝望之中,谈论过去和未来都是痛苦的。有时觉得自己既远离了希望,但也远离了绝望,虽然时常掉入不安的深渊之中。

在写这封信给你时,我才意识到是你和 W 师教会了我什么是"抵抗"。W 师告诉我们书写是为了抵抗死亡,而你让我知道什么是以书写抵抗遗忘。对此刻的我而言,遗忘并不是真的忘记了什么,而是事物开始被记起的时刻,尽管那些事物可能不能明确地被指认了。

如果我们有幸被救援,我们原定半年的旅程可能就不能继续下去了,旅行的责任暂时由你接续下去,我们已经凝视过一次死亡。我现在非常思念自己生命所经历过的一切,同时希望自己能活着继续承担生命。

你知道吗?直到今天我才给岳看了你在 1 月 17 日前写给我的信,以及我在这一路以来写的日记。在等待被救援或者接近死亡的时刻,我们才对彼此告解,即使是情人,也还是有可能直到这样的时刻才会告解。我因为回忆止不住地大声哭泣,但同时也感受到某种坚实的温暖。抱歉,即使是离死亡如此接近的时刻,我仍然不知道该如何把想和你说的全数以文字的形式表达。但我总相信你对我的生命是理解且珍惜的,我多么希望能和你再说上一句话、一起骑一趟车、谈论一段美好的文字和某些人,如果最后我跟岳终将一死,请不要过度地悲伤,你所做的便是去爱人,就去爱吧,答应我好吗?

——宸君

2017/03/15,致罗苡珊

这是刘宸君、梁圣岳在旅途中留下的最后一张照片，3月8日在尼泊尔山区迪布灵（Tipling）参加国际妇女节活动。两人6日到迪布灵，遇到当地NGO，听说8日"有活动，会宰羊"，特地多留两日，结果当天没吃到羊，倒是与当地人玩在一起，还跳了舞。

——2017 / 03 / 08

尼泊尔山区辛尔哈山口附近。

——2017 / 02 / 25

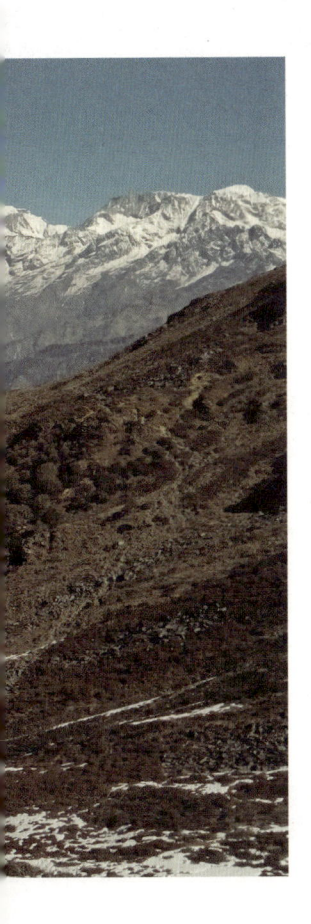

尼泊尔山区辛尔哈山脚附近,当天两人在展望处露营。

——2017 / 02 / 24

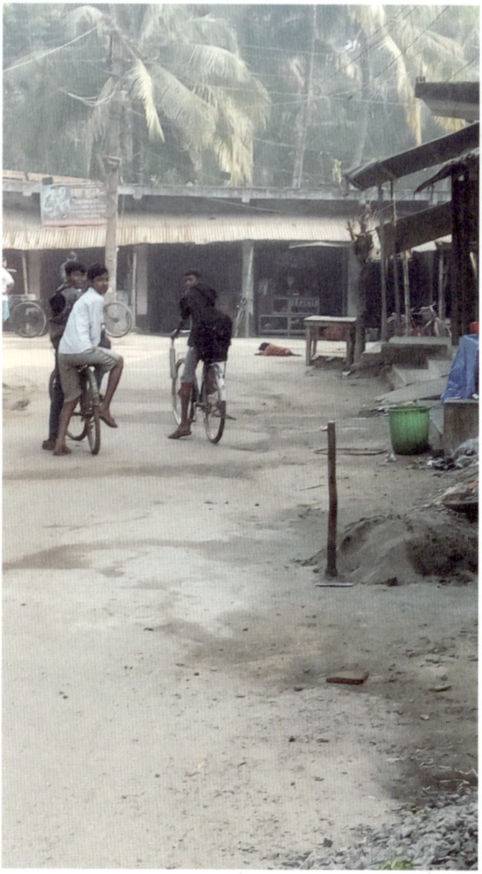

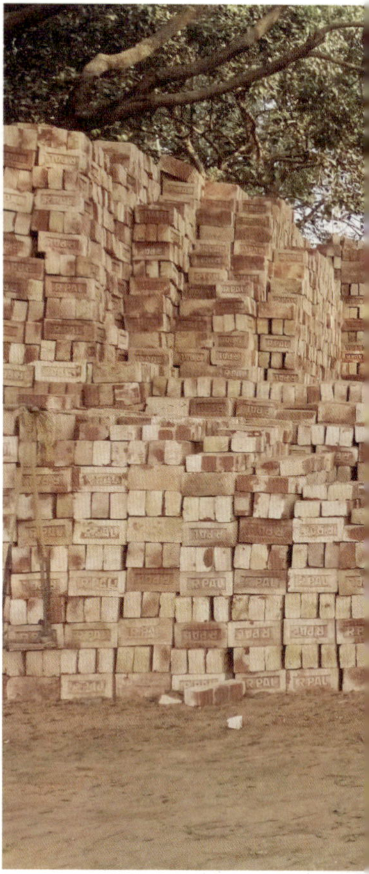
R PAL

这天来到巴伊戈拉村,村长带他们环视村中各种角落,在村长的要求下,砖头工人暂停动作以供拍摄。沿途也拍了神龛、内塔吉肖像、男人与羊,以及村人心中引以为傲所欲展现的物事。

——2017 / 01 / 24

从加尔各答市区的路面电车向外望。

——2017 / 01 / 21

这天两人到加尔各答看人民影展，梁圣岳盯着人民影展的外墙，而刘宸君凝视着他的背影。

——2017 / 01 / 21

刘宸君的单车，在花莲 38-1 乡道。

——2016 / 11 / 13

個又一個小小的核心——一聲破，我想我火氣
如果不這麼做，我想我會漸漸死去的。

「理解事物的運作法則」對我而言仍然
使也精疲力盡翻過一些資料，我仍時常無法
物連結起來（也許是因為這樣我才要無法一直
上）。 我少想

我想，總有一天理解火車往何處去，在哪一站
方地車如何表現⋯。我得去設想一些情況：
第二小時，但他從來不可能知道那班火車
件事在這個村子從來不會知道。他們再也沒
火車開出去的時候會往北方轉彎，也以為
事。

火車轉彎時，~~在遠~~不同階級的人們受
開燈時刻（車廂晃動）這些晃動都可能改變
你必須知道火車在哪裡轉彎，否則你不
另放鬆鮮進行著廂，迎接他們的是無數
燈是把汽油倒入形狀像蠟燭的

你必須知道車移動節開的種種，但有
麼都不知道。你拭著以為大家都會和你去

印度年度－階級分明
車北－彼此接觸

跟 Khechpali ~ Yuksom ~ Duh~
於夢 trekking trail 中密⋯⋯
的角落，零零星星

《沙郡年紀》大雁歸來
一隻在奉獻時高唱春天幸
只要重歸冬日的沉寂就
但發現自
幽的花園，如果一隻遷徙
就行了。但是一隻遷徙
生命為賭注，在黑暗中
會輕易被退的伴
信念。
只有那些不曾抬頭
為三月的早晨是如此
覺得像等生鑽鞋擇
從未注意到屋頂上
良好的過客
自大？如果大雁也

三月的大雁則不
了牠們整個冬天
到來。牠們順
經沒有獵捕
崇片沙洲餐
新融化的
盤旋著
尾翼映樣
觸及水面
那些烷
家了！
第一才
雁發生
在我們
皮，一直是我們種種

火車轉彎

「你只想要一

2017.02.18 Kathmandu
　我其實不太想知道自己到底怎麼到這裡來的，仔細回想起來，很多時候你根本不知道自己是如何到達某些地方。最好別太用力回想否則這件事會失去意義。
　我大致可以把從古瓦哈蒂至加德滿都的移動告訴你：先搭乘18:30由Kamakhya Junction開往Muzzffapur的長途火車，週四勉強擠上擁擠車廂的上鋪，加上誤點時間開天下午將近四支抵達Muzzffapur，在幾乎沒有做任何事的時間的情況下搭上六點四十五分開往邊境城市Raxual的班車，卻又因為誤支在絲毫不打算移動的車廂待了四小時，總算才在深夜兩支抵達邊境的車站。
　當你清晨自上鋪醒來，隨之展開的是永無止盡的晃動。你幾乎以為自己必然處是這樣的狀態，就像身邊那些把整個生活搬上列車的人們。世界在近乎沉睡的情緒與節奏中晃動，今天的雲層將地平線之上的一切包裹住，只是地平線是在延伸至太遠太遠的地方了，導致在這裡生活的人們都已經認為自己已經離開了什麼：原本在田埂上嬉戲的孩童，看見火車從眼前通過，都會作勢將手中的物事拋擲出去。有時是竹枝，有時是泥塊。但我曾看過一位男孩空手的手始終空著，列車通過的速度正好足夠被一把原本隱形的槍射擊；他比出開槍的手勢，但在我意識到自己被子彈擊中前，他也很快地繳械了。
　「找不到繼續下去的理由」是件極為尋常的事，總是會有一些時刻你完全不知道自己為什麼在這裡；你感到惶惑與處所不相襯，沒有任何事物能夠說服你。老者的視線從沒自窗外移開，他在看什麼？他在看什麼呢？與其說他太過專注與其說他正在專注於某種事物上，他的狀態比較像是他者的時間都在他自身之外。有的時候，我會懷疑這算不算是對他人漠不關心的結果。你知道的，有時即使是愛也很難找到理由。我想在此跟各位說明一下旅行為一層面的特質：理由時常不在於不特定的事物中，吹到一陣良好的微風、撞見挑沙子的老婦人，感受都立即支使我截然

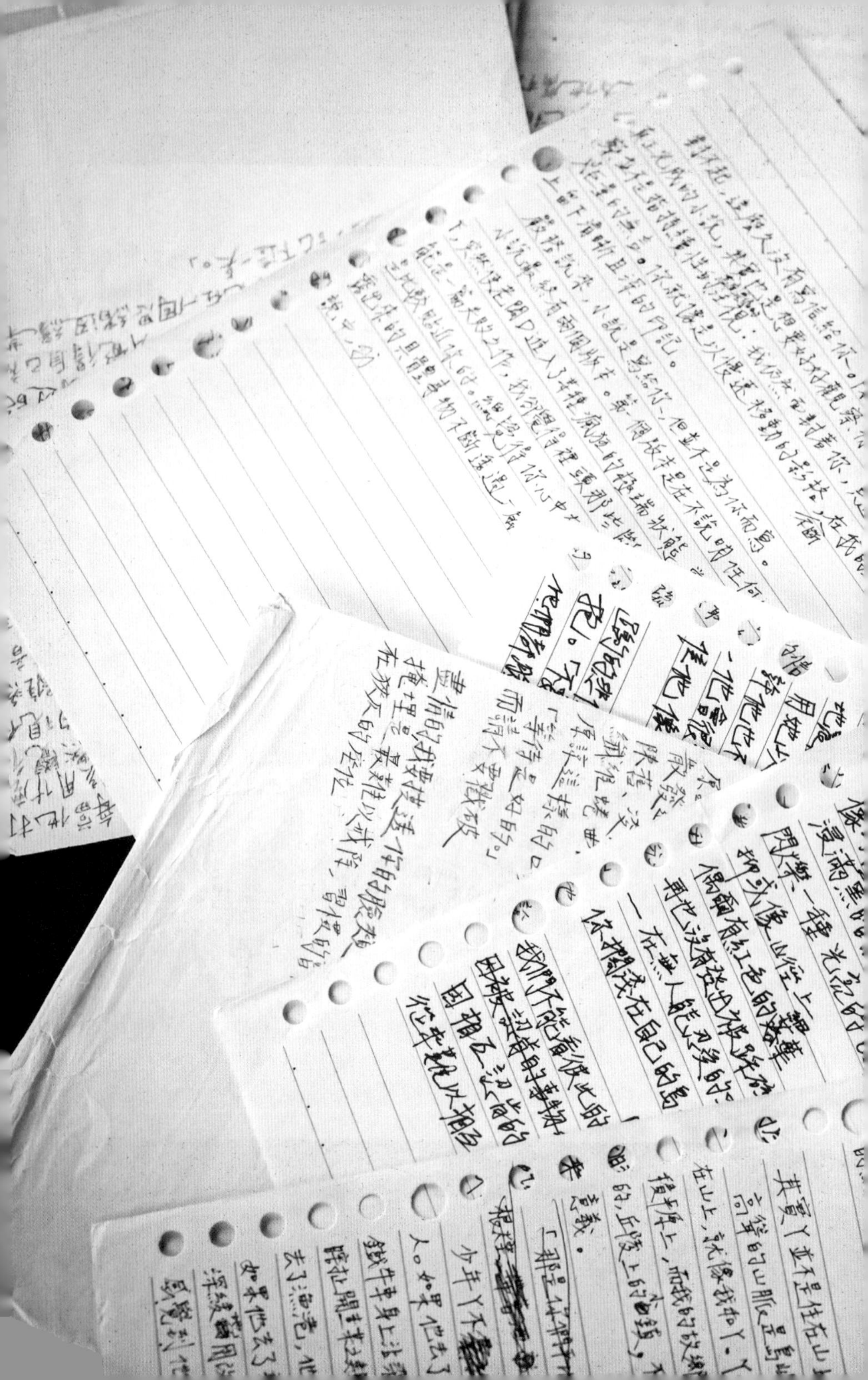

(手写笔记照片,文字辨识有限)

...被压扁的过程——伴随着汗水一并挤进土
...的八腾和八空一夜成了浸渍
...的光。就是那时,基发时候水就成了食粮
震源在痛的时候,渐渐泛起黄水...

壁屋下的空难
我听到他的死亡
祖母的怀里蜷缩成一个...
在这里,黎明社区
...林深了你及弟兄弟...
...方式死去吗?
...昏

大家了
...就不在山上了...
图你懂的脱离我...
的未来上,...

斷層 2014.11.19

堆疊沉默形成個人
日曆、背包和筆
闢一道階梯在地上裝幾盞燈
刪除藍天因為
下過雨不會分娩霓虹
霓虹屬於旅店半自商號
旌旗吆喝著的(喜宴)
地面上的人往返軋過街
最後也被街軋過
流傳指尖沾染的顏色
我們被多雙腿軋平
擁抱不留空隙
彼此依偎卻讀不出體溫
普羅米修斯凱旋
不慎跌倒將火鐘打翻
人群歡慶土壤放不進一粒麥

「符號形成了語言，但卻不是用以為你知道的那種語言。」
——〈城市與符號之四〉(Hypatia)

「一般地高塔的意義，不僅是也撐著克洛一最為具實的城市。如果見到某人開始敍事他們夢的部迹的夢，每個細節都會變成一個故人形。開啟一個故人，假設，誤解，情欲和壓抑的故事，然後，幻想的回應抓取就會開始。」——〈貿易的城市之二〉(Chloe)

「有時候，鏡面地事物的價值，有時又生了價值。在鏡子外看似貴值的東西，更置在鏡子中，現情能的維持原有的力量。這左孿子成，並不容易。同心左法種溫在或發生的事物都不對稱：每張臉和每個姿勢，都在鏡子有其映射的臉和姿勢。但另一點，當地我應。兩座城是透過多樣此而喜悅。它們的眼睛至組接空；但是它們之間沒有情愛。」——〈城市與眼睛之二〉(Valdrada)

「但是，我得回來告訴您它的故事，這個城市確實在在，而且它的特家很簡單。它只知道鞋在不喫待輯車也。」——第三章中

「他們所持據的城市，具有多多在必須之物，而在它的基地上卻在的那片城市，卻較少存在。」——〈城市與名字之二〉(Aglaura)

第四章中

「發現在開始，我將何你描述城市的大汗帝國說：「不要在你的報紙之中，看他們進來在去。」

但是，馬可轉這說明確的城市，終是和皇帝地理的城市不一樣。

「既然，我在一座精準，一座模型城市，所有可能在在的城市都在中則里出去，是次設立的。「它包含了相違於規範的一切事物。既然一切在有的城市，都不同程度中地帽所規矩，我設置棄想這個規範的城市，在計算某事物的抽對，就是組立的。」

「我己想到了一種地抽一切其他城市的模型。以馬可波羅驅追說：「那是一座大中例外，不符除於外的意像，不能有人矛盾造成的城市。不過這座城市是是不可能在在的城市，稍量的地就增越異世完全的數個。我們就增加的城市類更大在在的可能性事。所以，只要在我們的模型時就像外，在我計這的可能性事生化们，我都像很相等這個規範的城市。」

相連,那些就是做為一個例外而原的城市之一。但是，我的希不能挑戰每個界限以外：我實得到可能的涌通，反而不存在的城市。

第五章中

大干站忙城的局欄的此發光，看看他的中國帝展。起機駛駛的外候，海情下在的地屆的長色，但是里圍越越境流而，遇到駒在無限的也逆，幹產舉在的居庭屋地，沿發人生的鴻不已，一溪城頰的人們，以及點台與的洞波平麝里。「我的中國國內情侯的太歲。是時候。大干說：「現在中國展該在閃繁生氣」。於是，杞變以得在地機到外。果嬰越過之，走到在的城又上被落記，薄葛枯曲，山嶺之後，金塵鏽屬崒的，地面，金磊閃爆，現在，許多馬物牛的地歡然間口踏處，忙碌的河流波透沒身未來，快速行歓著暉慌宮宮的鋼靈生的樣檢，黃胡大陸，況是建結林樹脈於山岳巨鞋在的晚上，昭晚大陸，大汗想都將等人向下等人的中國，鼓龍在大地的人找是為多的我們在海，攻躍誘得，海老上發發都我的權機，有複雜的機相到哪些、腰腹，緊騰，又扎勇。

中國工在在那反的就是是通過，又是和反的絕。
「雖然葛斯科住在深凋之上，奧場和是在內印生活，卻比未些城市的居民進幸安安。他們都知道這個只見在地持程度之...」—〈經靈的城市之五〉OCtavia)

「在山階上，輾羊里的的難民，收始家當，粗把里恨，肌望舊栽上籠老的，有被的他們想起在了抓攜破的陸室。那後就是崗羊里匯城，而他們自己什麼也不住。

兄弟
放划的人期間沉默溝通
我將比獻刻成
作的性字平服
如此使可以又採又離散
堅在山林的綠条和一起

远指爲歡族未未的方式
判嘗單單人兩個。
不斷錯的人們
邦於我是了攘擁梢著的大廈
抬目風火，無言地兩襄
「前面到底有什麼？」
我反發空意開陽
你直視前方持續朝來
「前面是愈色反例」

扶花，你有荒的痕跡
也開處用抹到你的肩步追孫
可以拉扶一拉你的
收裁我把我懐左不拳的手
調記起。那主我你又想發閉我
久不見了是暖。我們二
八個一箭台行
像穿通東陵風皮之携打巨石
牽身就開做此時都携帶仇怡
於愈都信離開

在世界的某處驚时对方注視

最我，我們以
脫刻成一枝筆
特續造寫
起，
樹木

弄祀

起身暗時這是一種
迷人而坐定的幻
經快遠奔犯的人
粗看發期的等鳥
混乱飛七的兩
拥成隱意
他暗地自己的聲
對服哭之的風
牌下紅色的沉土的姓
好味似決
偶我我隨所不住地飛湮
到鴉也要挑娤
他總是急忙著一壺含遇沒
板風剛間的即時不是
鑽人遙必宏朗時候
那麼有回來的二呈
又是誓立不完重
無來是其的
怪疑，疑
光見的靈言
你擇在一會在哪想事棄
地是主持鳳此的第的對抗
該有孤的愛弓
那之間他在孤獨然使用收夷
奔入性律
就做很似一個抽起構擅
利用这地地的相信
地帶到老上有待為這拳折
他已來得在這斬症，現在的
風吹才墨已是那曾的風

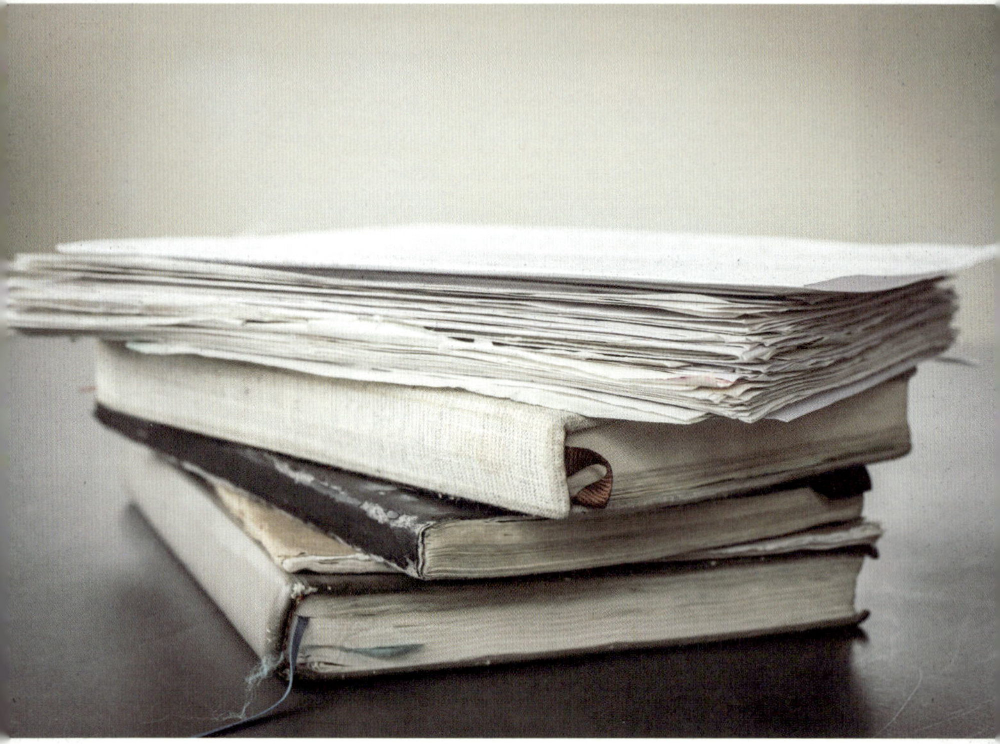

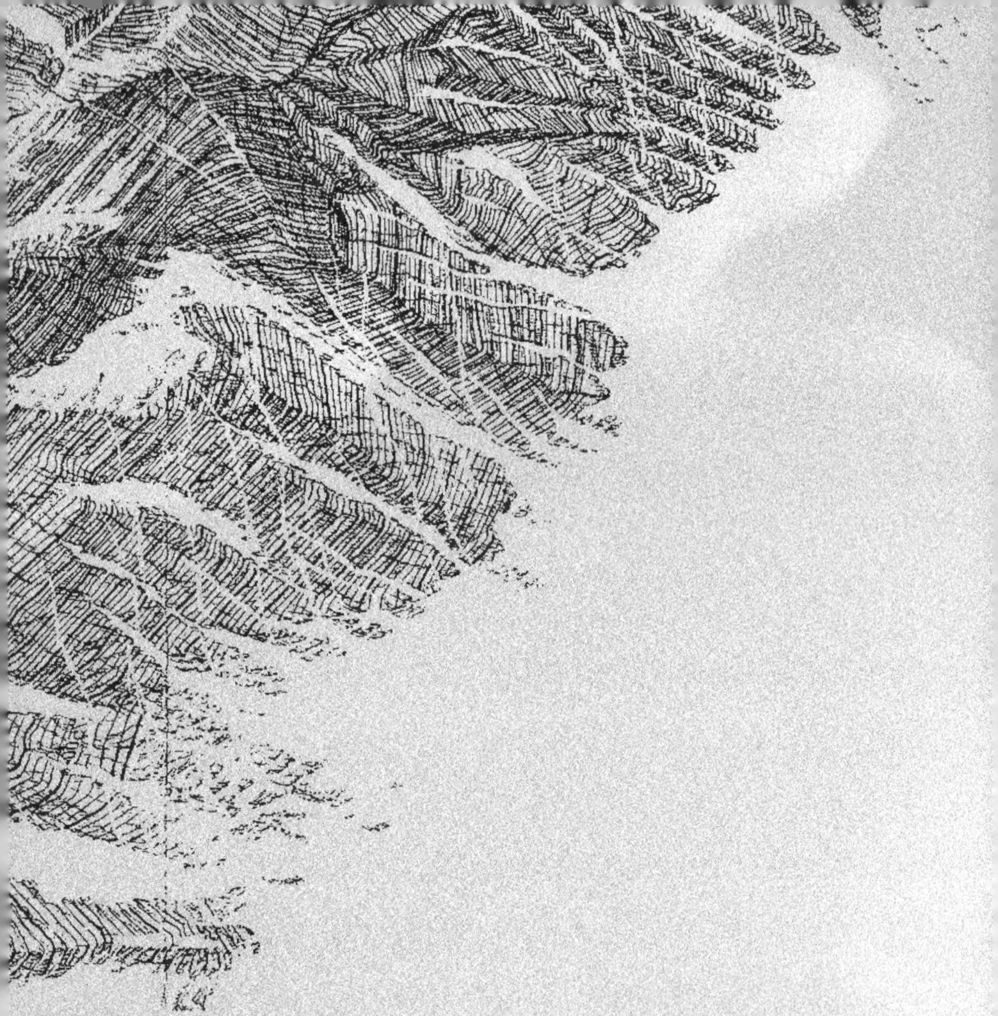

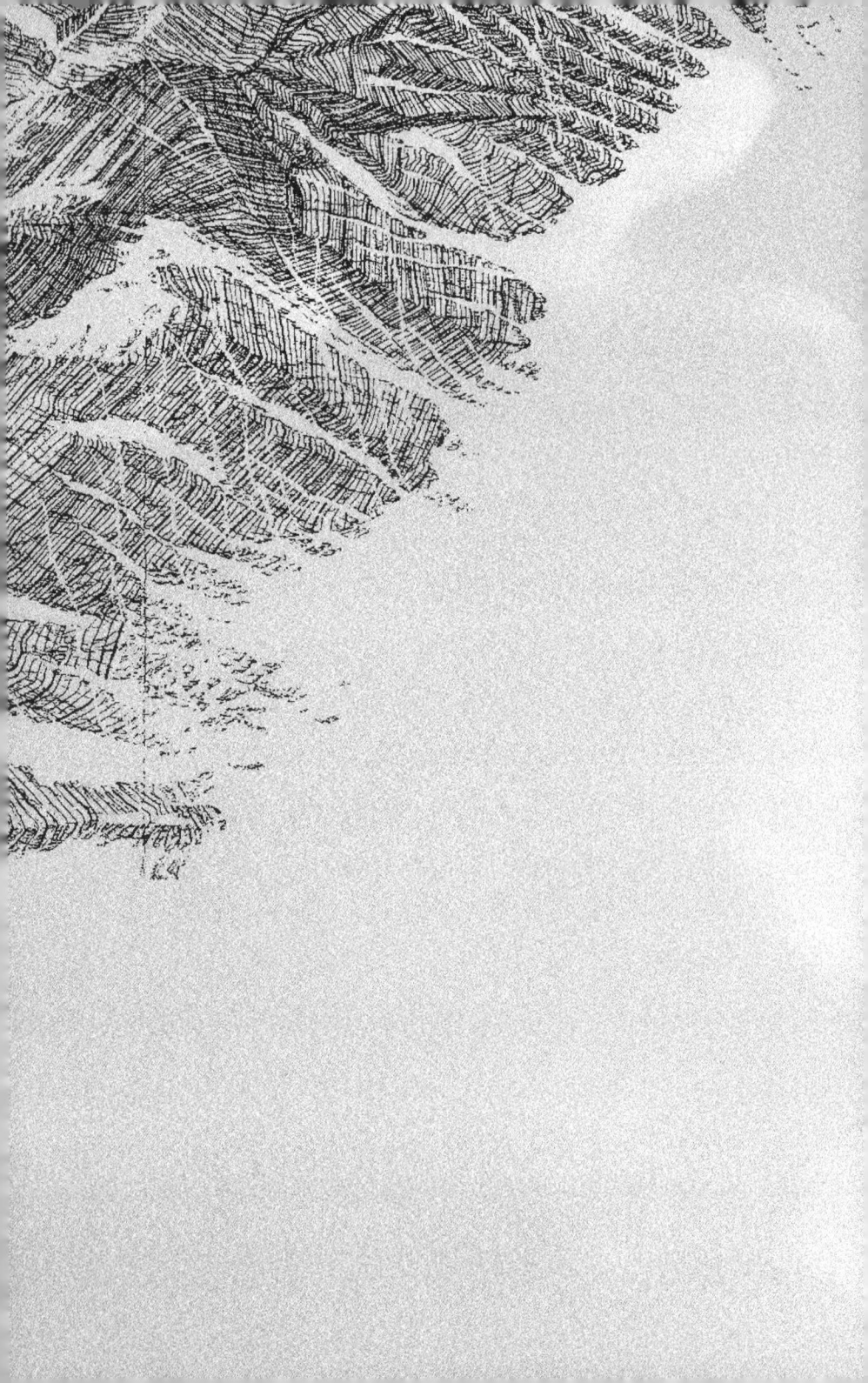

第二部

旅人之死

  生活里边是不是变得干净了？是的，有一块地方那里的空气稀薄起来，缓缓地流动，渐渐旋扭出一个开口，像只欲言又止的沙漏。在什么流失时，必有什么是存留的。你开口说也许没有，听起来像是海。是什么时候你长在我背上，当我说和动作都成了张网自背后升起，铺成每一条溪的支流、每一条痛饮夕阳而醉意的小路，而我也长在你背上只是我不曾说。

  或许，你也没有。

  而我啊，会成为一个什么样的旅人？

——来自碎纸

棱线 _{原作无题/碎纸}

棱线是

一座山它累积千百年的安静

浮起血痕似的忧伤

偶有锐利的时刻

背包 /情书

若你将使我理解

一座岛屿

必然是你的脊背隆起

水系像枝干般蔓延

痕迹上爬满了雾云

如果说,人的眼睛里总写着他的名姓

那么旅人的则刻在他的后颈

让我紧挨着玻璃猜测

今天,风毁灭了你叫作海

黄昏毁灭了你

称之为酒

也可能是日常在毁灭时

有个地方的空气稀薄、干净

欲言又止的沙漏啊

在什么流失时

必有什么是存留的

应该这么问，我将成为怎样的旅人
毕竟有些地方我去不了
当我发现你竟也长在我的背上
我便轻轻地走进时间

灾厄 /情书

你是块山

均质且温热

崩落的那种灾厄

在地上用砂画一只圆圈

并且祈祷

雨神用足尖在里头跳舞

于是灾厄

在眼泪不认识的地方

沿着卵石蛇行

它们于火前汇流

彼时的山熄灭它的棱线

夏天的废弃物坐在溪水边

告诉人们

山中有矿脉

持续晒透阳光和皮肤

....

　　有时你并不是一个旅人，纵使离开的瞬间你是种遥远隔绝的存在。你在空气和尘埃之间，在注视和不被注视之间，在病与美之间，用自身的温度融化也同时冷却一个形体，那么它再也不会行走，它要在事物相抵触或相似的边界彻底地碎裂，只有它自己能够承受和释放它自己。

指认旅伴   /投稿

为什么要教萤火虫自瓦砾堆升起

而不是在林间淘洗安静的曲?

为何断层能在海面上抓紧自己

任时间蜕出赤裸的结晶?

冬日里翻炒盛夏的闷冗

将知识铸成货币

但无法担负宇宙

如何我们顺服,安静

但残酷地

推挤着换取更多的日子

"这是生活。"

无奈的你说

我该持续爱着怎样的你

我不忍看日光灯

将你的脸晒出面具的斑纹

渐渐干涸

如果风触摸会痛

你笑了吗，我

独自从沙地上捡拾你的双眼

它们近看是宝蓝色的，是

干涸不了的毁灭口吻

渗着纯真

我年老的指节啊这时

忆起一个少年

跌倒了

在像海的原野里笑。

"欸，我可以跟你去玩吗？"

"来啊。"

我们转身

进入一条染满芒草和碎石的小径

你总是走在前头

而我们早已熟习彼此的呼吸

真有这么一个地方如此寒冷

以至于孤寂

是时间看似止歇

定义沉默，惊呼

如冬日银河系兀自转动

转动着

我们无法持续并着肩前行

如同旅程会有的归途

总要快速、僵硬地

刮擦过彼此

生活吹起的沙尘里边

闪过某个未折妥的季节

对着我干枯，但

颤抖不已的指节

神秘地笑了笑

凌晨海边 /投稿

"灰灰的。"

你睡着但你睁着双眼你这么说

几夜了未竟的灯油

搁置桌上的文稿起了毛球

划下火柴而里面住着一座森林

禽鸟和哺乳兽坐在

你不能以刀刃理清纠结的藻华

为赤裸的大腿割上

狂欢的图腾

是什么时候变得

贴近毁灭了

是否称之为梦的是这样

语言从远处无声地高起

耳膜处闷闷地砸下

像一根针

惊醒这座沙滩时

有架飞机轻轻揭开夜空

纯净的气流空空地

空空地拍打

那是我吗？等待远方闪烁红色光点

是我，或不是

我们如何成为自身的引信

燃烧尚未燃烧的早已

悄然自内里覆灭

你只能朝拜月光

射杀兽类时蹲下来低语

存在和死亡间传递相仿的脸庞

让月光提起潮水吧也将你提起

但先不要放下

让潮水瘀伤但清晰某种脉络

因漂流木比夜深得多，而

离沙滩愈来愈近时

你发现那是面朝下趴着的二人

像你,也像我

不同的是他们可以歌唱,可以

听见彼此

你该如何形容那声音

却还是只能说

"灰灰的。"

画线　　/ 碎纸

"那里见。"

你总在旅程开始前这么说

来自那里的休止符也许

也是个破折号

坐上沙发

凝聚又延展成一部电影

火堆与谈话

我们各自弯下腰

拿粉笔在马路上画起白线

屋舍不停被上一个节奏遗留

冲刷到我们来自的地方

勾勒行人的脸

涂写一片荒原

穿过一座百年的石桥

才懂得如何发散

淋满整城的绿叶

有时手颤抖得无法

指认方向

背对背我们相撞

"嗨。"我说

"可是这里不是那里。"

"噢,那为什么那里要是那里?"

还是说了一声那里见

拿着粉笔寻找坐标

原来冲刷屋舍的也

叫命运

二分之一,或许吧

谁踏上坐标时觉得那里

比想象的更陌生

若我先到了

我们画的那些线断裂

开来，所有丘陵里的乐句

和故事被缠成

浮雕的样子

雷电劈开宇宙时

我把它们装进酒杯

举了起来

兄弟　/日记

旅行的人都用沉默沟通

我将自己雕刻成

你的双手和眼

如此便可以支撑又离散

整座山林的线索和绿

逐渐驾驭你骑乘的方式

刺穿喧嚣又孤独

不断错身的人群

那些覆着玻璃帷幕的大厦

兀自风化无言地崩塌

"前面到底有什么？"

我反复涂写问号

你直视前方持续骑乘

"前面什么也没有。"

拓荒你拓荒的痕迹

也开始雕刻你的脚步,这样

才可以拉住你的手

收藏我,把我摆在高耸的架子

译注我,那是我为你粗制的夕阳

你看见了只是说,我们是

兄弟,一辈子的

像寒漠中夜晚被风吹拂的巨石

转身离开彼此时都携带祝福

于是珍惜离开

在世界的某处惊呼对方的名字

最后,我将自己

雕刻成一支笔

持续涂写

树木的质地

请进　　/ 投稿

你把它的名姓写得太用力

太用力以至于淡

春日的蝴蝶蒸气般升起

振翅，扑鼻

如何温暖得过于精准

眨眼间短瞬的阒黯

清醒之人独自留存

看上去是睡了

或者有人

像蜂蜜色的薄冰

染上阳光并同时崩解

但，别那么仓促好吗

让迷惑微湿的唇听我说

含住盛夏寒凉的衣角

透着波纹的病疾

渗漏，淌淌

滴滴,而安静

丑恶的脸谱啊捂着它的脏器

发和嗅觉都给蒸发

并没有一场雨

能够安坐

得到盛夏前来祝福

以及痊愈

有人骑单车从窗缝挤了进来,他

伸出一只大手但

像一首柔软的诗钻了进来

灵石哺育崭新的伤口

泌出酸涩的酒汁

同时庆贺、哀悼有些甫结束的旅程过于盛大

沉默

浓郁得像烤出焦味的面包

安上一片茉莉花瓣

教你猛然跌坐

说爱,或不爱
你能相信我吗
如果说,是海细细渗进来
织满碎索的泡沫
我用鼻尖尝了一口
丰盛的咸,但清甜
我不断倾吐的一种语言
或许有人聆听
但并不需要理解

恶习　　/ 碎纸

请将我抽去骨骼

成为床铺上扁平的存在

记得轻柔地抚摸尾椎,如同

在不被爱和不被理解之间

挂上一条项链

并不会有一种习惯是

不需要仔细折叠的

几日未洗的衣服陷进橱柜深处

缺了一角的面包

菌丝结在抽屉角落

你对关于光害的想象,撑伞一把

原谅我的口腔偶尔

散发过分浓烈的姓名,和炙热

陈旧、凌乱

纤维蜷曲的地毯

原谅这样的口吻说出

"等待是好的。"

而请不要戳破

尽情的,我要摸透你的脸颊
掩埋最难以戒除,习惯的习惯
在狭仄的座位

悬崖下的空瓶　/ 碎纸

我预测你的死亡

想象你到远方

在远方，热带地区

你用树根为每棵树打了一个结

森林却仍然只是森林

你会用山的方式死去吗

像一片落入黑夜的岩壁，富毁灭性

浸满黑暗的眼睛

闪烁一种光亮的哀戚

抑或像山径上

偶尔有红色的细叶

再也没有发出被踩碎的声音

——在无人能忍受的寂静里

你搁浅在自己的岛屿

我们不能看彼此的眼睛

因相互认肯的事物

从来难以相互诚实

止 /电子档案

瀑布般的流沙边缘
立着一只颤抖的足尖,之所以
我们以指的尖端相连
残败,形隐
而悲痛地深爱着

而我们,我们正在佚失吗?
风干薄薄的温柔,和表情
却残忍
不断以它们戳碎点亮哀伤的炙热
"对不起,我会想念你,
可是我不能再背着你行走了"
那我们仅剩的,属善的道别
唇形说着"毁灭"两个字
声带早已安静地流泻:
记得是3月,
那时云在不同城市上飘如丝线

尾部的水滴旋转，初结

刨掘金色

时间，透明的指纹

轻轻烙上彼此

山顶天蓝色的口吻

我的朋友

何以温柔泛衍成懦弱

形同罪过

像是一条脆弱深邃的隧道

在哪里折弯了

人类和岁月过于坚硬

关于摩擦的时刻

总有人的影子背过身摔落，并躲起

窄小的楼梯扶手向上延伸

一只细长的银针拨开

花瓣似覆叠的柔软伤口

露出海被风挑起的眼睛：

爱若是一口沸腾的锅

我要在伤害的边缘

织满文字和泡沫

碎 /日记

总是这样的

河流挟带多数忧伤

偶尔不善淘选

那样的你是诚实的吗

我们都在等待一场大的凌汛

有些人不会说谎

不和河边的人说话

妒羡你浑然的碎裂　　/日记

为什么

你总要我的手

能握住你的心

你不喜欢移动

像是种完整的碎裂

河流变成一片片的

极为光亮的物事

晒透阳光和泥土

把世界的缝隙都贴上壁纸

仿佛有什么静止了

而什么仍在叹息

碎裂并不是痛的

旅人之死　　/ 情书

如果有天你死了

我想我会去旅行

我得去确认世界是不是好的

值得你为了它的魅惑

而不及经历

如果出发那天到来,我会对着海说:

"海是罩笼于山脉之上的澄蓝天色,

眼泪形成石块,

些微卷曲的岛屿边缘,

掀起回返的长浪,

若一来一往称得上是悲伤,

将不再有任何物质被容许吸纳。"

自此我背海而行

却仍面向另一端的海岸

我暂时判定

世界不是好的

因海的声音不曾止息

但我必须相信世界是好的

如同相信你已然死去

我站在岛的中央

用山脉创造阴影，交换

仿佛窒息的秘密

像时间自植物的孔隙穿越而来

生命流泻于地

委顿的坏朽光亮

温煦如是

如果你死了，请原谅我

因为我的世界可能

没有你的那么好

——海太忧伤，山过多裂缝

但也不是真正不好

因你未曾经历的好

将化为困惑未明的时间方格

倾斜地活着

搭火车 /投稿

我还是提着那两只袋子

洗过脸也洗过五官

还是走进那空间

坐下,有时人群或蚂蚁

交替几次双腿

荧幕上不停删改的诗句

早已坏了音节

无论如何翻覆,我们终究

要在同个地方猛然醒进一场梦

在那里就地解散

竟开始想起你了

如7月希腊干涸的惯常

叶尖再不能装盛朝露

传出旅途清脆的声响

时间它如何成为

一条恶龙

暴虐地要所有山林噤声

而我们努力

搭建那些逆着时间的

弯曲，歪斜，腐败

你要我说

说我快乐吗

不，我不说

还是只能身为暴力的旁观者

毕竟为你成长哀悼的是风

掠过你的却只是气流

离开隧道以后

还是猜测，可是

我不再焦虑你如何生长

因身后电线杆和山林正兀自积累

午后　　/ 投稿

夏天的铁轨，翻腾着浪花的颜色

会涌向北方吗

蹲在月台最边缘之处

把石头掷进窗格的衰老

新漆的白墙有些刺眼

是从什么时候开始

说话时带着火车的语气，和姓字

仿佛一圈圈地削下岛屿表面的

绿和溪床

拉长成一次次永不止息的旅行

每个以香火命名的地方

都将凝缩为一个白色的点

起风了，就留下

蓝色的口吻和泪

比方说，"苗栗"两个字

在孩提时是动词

是时间将它放进我的唇齿

微微震动

听来遥远,断裂却益发清晰

如同抵站和启程之间

短瞬的与什么平行的时刻

发现名词难以诠演的悲哀:

曾经我们并不需要地名

我们反复折衣

只因为"生活"同是动词

"开始了,

有人要一起吗?"

跨出第一个步伐,正好

火车的最末节

对齐小小的月台末端的1号柱

下一个步伐之前旋即理解

"故乡"是什么：

以为一直和它擦肩

它却孤独地缠绕在心上

在无数道别和问候之间

从荒芜蔓延成一片富饶的水田

你的肩膀站成麻雀——

却是那么远，那么远

盲 /情书

太眩惑了。

嗒嗒的火车自岛屿的彼端而来

缓慢地切穿湖水

黑夜恢复黑夜的平面

照亮整条铁轨

寓言是森冷凝流的跑马灯

人们在观景窗里谈论星系

瘟疫

与飞行

他们无声地激烈辩证,佐以手势

借由晃荡的车厢排列彼此

他们不会知道

他们将渐渐地融解在宇宙的河里

车列涉水而过

轨道上的碎砾

和溪底的暗流再也按捺不住

城市下起了一场坚硬而绝望的雨

愿一切停止发亮
闭上的双眼停止眼盲
就这么抛掷一个硬币呀
然后轻轻把影像除去

断层　/日记

堆叠沉默形成个人

日历、背包和笔

辟一道阶梯在地上装几盏灯

删除蓝天因为

下过雨不会分娩霓虹

霓虹属于旅店生字商号

旋着吆喝着的（喜宴）

地面上的人往返轧过街

最后被街轧过

流传指尖沾染的颜色

我们被更多双腿轧平

拥抱不留空隙

彼此依赖却读不出体温

普罗米修斯凯旋

不慎跌倒将火种打翻

人群欢庆土壤放不进一粒麦

来自地平线的俯视

原作无题 / 日记

来自地平线的俯视

让我们建造一座城镇

在一滴透明饱满的水珠里

安静地嵌进墙壁

仿佛再也没有

坠落及腾空的文明

房屋紧挨着彼此的缝隙

如同有人正挖去一种盛大的疾病

有人制作木笛

风一般和谐、寂静

城镇遗失它的心脏

血液却仍纹在身体里

城镇排列成气球的颜色

在它之上只有蓝天，

无尽的蓝天——

曾经蒸发的雾时都得以续存了

如同鹰滑翔时

以地平线的姿态俯视

阳台、天线和庙埕

你问我为什么，

空寂的地方总是错落的

毕竟时间从未沉降

也从未被掏空

最终，水珠被吸纳为墙里的尘粒

城镇如同被压碎的骨骼

窗缘交叠窗缘

铁皮屋顶成为条状的物事

你与它们齐声睡了

仿佛错综的拥抱里你说

我们回去好吗

而流质、炫目的阳光

取代我失去轴心的回答

触觉——致我的疾病　　/碎纸

你致力于刮伤自己

渴盼爱，然后

推开所有同你说话的爱人

过于雄伟浮夸的结局是为了

盛装搪塞的字词

为什么悲伤——

如果失去生活

而没有失去泪水

戴上口罩

养殖新的病菌

也堆至旧的

像阳光戳破了新嫩的肌肤

而你却不再是婴儿且

不能站进树荫里

告诉我我的坐标好吗

埋首和仰望里边

是掌纹，星象

还是荒原生满

脆弱的植被

而别告诉我我的膝盖坏损

成潮水

"看着我的眼睛。"

"我在那里。""你看呐！"

黄昏吹干一座缺水的镇市

昏眩。峥嵘。龟裂

但饱满

颤抖如我

搬动窄小的盒子，它沉默噢

十分困难，别问

如果它装满坚定的错爱

是不是对的

尤其当你演坏一场自己演绎过久的戏

那支水管只剩两滴水沾黏其上

而好不容易爬出来

就可以在瓷砖上点亮一个房间

会有一些人影晃过

比黑夜还深

深到底拓展成一线光明

他们一再晃过

你捉住一个或许不行——

至少看似静止时

可以把他写成一支笔

奔跑　/日记

天色将暗时像是一种

迷人而坚定的红

给快速奔跑的人

轻轻裂开的雷鸣

混合尘土的雨

抑或陨石

他暗自喝了一声

划破寒冷的风

脚下红色的泥土有些湿

好深好深

偶尔轻盈而不甘地飞溅

别问他要往哪去

他总是会再次叠合,还没

被风擦去的脚印

奋力离开的瞬时若是

篝火旁吃食的残迹

那么回来时也是

只是那并不完美

无法完美地

复制,分裂

完美地叠合

你蹲在一旁仔细考据

他是否揉乱和自己的对话,

数着狼的嗥叫

确立群体各自孤独,然后再假装

有人陪伴

然后假装这样相信

如同你现在相信

他奔跑的样子告诉你

他从来不能告诉你,现在的

风似乎是他经历的风

迷路日记　/电子档案

他是倚靠迷路来记认方向的。他的世界是一个又一个的圆。

说是记认方向并不准确,因为到头来他还是弄不清楚方向。他分不清左转和右转、向东和向西的差别,他只能确定,至少他正在笔直且专一地,朝着固定的方向走去。事实上他别无选择,终日拖着执拗、微跛的步伐,朝着错误的、地平线的彼端走去。

最终,他总会走回原点,整整绕了一圈城市。

也因此,当他的情人消失在沿着山坡地渐次下降的田地中时,他感到一种空洞而原始的迷惘。

诞生是生命的遗漏 原作无题 / 碎纸

诞生是生命的遗漏

如同偶然

闯入树木成丛的森林

树木环绕之下

我们都开辟自身的空地

自身的圆心

叶片背向天空

在黄昏缺漏之处聚集——

他们传递突然暗下的讯息

在我眼前透明的

透明的墙壁上

不着痕迹

夜晚的白昼剩一点点 /投稿

白昼开始翻转至夜晚之下

剩下一点点时

裂开来

有人的双腿飞了出去,像

所有的路灯在这时一齐点亮,白天不

像是白天,黑夜不

像是黑夜

我们就叫它宇宙

孵育不出星星,我们

种植蜡烛,山丘

光滑得容不下萤火虫,我们

以火炬列队

呼喊着谁的名姓

生着四肢的蝌蚪暂时静止

若书桌上立起钱币

是否我们不小心将什么敲得破碎

在另一个绝对里

笨拙地仿制了

倾斜的轨域

譬如时间

无疑加深了黑夜

我们就跪在那掏啊掏的

然后放任发着荧光的碎片

绕着我们旋转

洒水器 /日记

站在崎岖而潮湿的田埂上

微微低头观看

风刮起来了

山尖刺破白昼

不需要答案的问题晕开来

伤痕绽生出花香

淤塞得

不能再深再痛

染满你右侧的脸庞,焚烧大厦

尘埃与火苗一同飘摇

禽鸟粗嘎又尖锐地拍手和笑

刮擦你,你背着洒水器向前行

风稀疏过,稀疏过毛孔

对峙是

和前方的荒芜共同开拓一支语系

同时全然融解(散溢)

持续延展着,加深山的棱线

影子泄露另一个影子时

就为它标一组数字

最后一个光点

滴在你身后初结的麦穗上

这里无不是死亡的气息 原作无题 / 碎纸

"这里无不是死亡的气息"

起初,

我们是那么异常地冷峻

以致弄不清死寂和寂静的区别

黑暗成为山壁

月光则成为影子

是什么弃绝了我们

将我们涂成森林的一部分

覆盖渺小的恒星、分杈的树枝

发亮的河

人们在深深的梦中

涉水而过

河底的卵石全部浮出水面

绝望但不悲伤地漂流

仿佛就快要可以下起一场

碰触不到人的黑雨

寻找一个岩穴

陪伴因而被点亮

却也因而干涸的人

雨 _{原作无题/碎纸}

安静观看一场雨

一滴黑色的雨像血

浸透白色的心底

生火　　/日记

天色随时间暗沉

洒满细碎的云

冷风裹住了整座重划区

一群人躲到日光灯看不见的角落

我们紧挨着彼此围成一个圈

生起一堆小火

木头也像我们一样，架起

中间那个灵魂

持续扩大又持续隐藏形体

天空没有一颗星星，我们

和火光各自凝结着、对峙着

从裂缝中迸发，锐利又

炫目得不停暂留

在冬夜穿上大衣行走

不如裸体吧，你渺小得

真实些

持续对峙

谁也没有撼动谁的理由

缓缓的，像梦的言语

火光照亮

木头最质朴又粗糙的纹理

他们只有火

原作无题 / 日记

没有永远

他们只有火

黑夜是均匀气息之间

温柔抚触的坚实墙面

羽化如此

蛹出现了裂缝

仿佛身体就要变得纤细而美丽

海边　/电子档案

他们捡拾,以及捕鱼

没有任何旗帜能掷向天空

如同已然显现却无能爆裂的烟火

无人撞见那日的黄昏

奇幻形体的漂流

老人说,日子是箭

从来没有真正流逝过

长在脊骨的位置

每月7日他们在海边以小刀削一颗苹果

借此拉长自己的影子

落在海上的影子是寂寞的剩余

仿佛活到尽头

他们就能够免于孤独

列队的时候,他们的双眼是风

海面是鱼

漂浮的、恍若死去的物事就像鳞片

那一瞬间,他们看见无数张自己的脸庞

——传说失去了它的语言

却不断流传下去

海边

——致 W 师长篇小说《复眼人》　/电子档案

日子是船

海面送来长浪

她用眼睛摘下忧伤，席地而坐

歌声挟在细碎的皱褶中：

如果弃绝成真

海将成为一幅巨大的图画

断肢的芭比、人工色泽的粉红胸罩

废铁、零件、橡皮轮胎……

坚定、缓慢地靠近海岸

喜爱风的人

想和海一起旋转

有人拾荒

将奇幻的灵魂收进袋子

海边的人持续生活

偶尔捕鱼。

那天应该有雨

她忍不住去祈祷

我不怪她,毕竟有时

祈祷是记忆归档的方式

让我们有权利感到悲伤

一盏灵魂的灯

<small>原作无题／日记</small>

当他们涉足河岸

就不能站在地上

裁剪尖锐的边角

将水引入湾澳

一再复沓,且颠踬的流浪

传来坚实平稳的声响

尚未涉及死亡

却先拥有轮回／亮着一盏灵魂的灯

超音波　/日记

两个男人站在海风里抽烟

仿佛各自拥有一个子宫

浪花细碎而凌乱

咸咸地哺育

悄悄着床的骚动

一个胚胎发育成一艘船的样子，另一个

则结成一幢房屋

那艘船让海水好奇地浸淫

古老的陆地边缘

而这样的图书，挂在

房屋缠满蔓藤的墙上

不要询问我的名字

性别及城市

公寓上有公寓的窗格

云层忧伤地溢满天空，窗里

一盆花的影子

比关了灯的房间黑深

同时发亮

属于岛屿

——给认真生活的你们 /碎纸

火车切开一座山脉

时间将树木磨得粗糙

变得哑,属于阔叶和副热带

矮屋有适合参差的位置

铁皮或红砖来自

同一片双脚踩得

踏实的泥土

在铁轨附近晾起衣服

种一些蔬菜架蓝色的网

鹅卵石摸着肚子

睡满河床

溪水荒了又丰

把垃圾带走

农人

原作无题／碎纸

身为农人，你必须锄地，并习惯将汗水一并锄进土壤里。仿佛为了什么，又不为了什么那样地锄。土壤是翻松后的光线、窗景和秘密，被刨过的心脏和血液。感到疼痛的时候，那些迅速蒸发的泪水就都会变成玻璃。

也许有雨水，但再也没有雨滴了。你拔除野苋、整理纠缠不清的地瓜藤，以侧边的身体固守事物的裂缝。当苦茶粕洒落水田，成为阳光和水的混合体时，你会理解在收获的季节仿佛特意地展演事物的缝隙。

不写诗的时候　　/日记

你想睡，可是

不知该如何睡

黑色书包边缘绽满毛球

里面有放书

那正是它叫书包的原因

你可以把它折成飞机

藏进扫帚柜洗浴尘粉

或干脆擀平枕着它睡

门开启反复关闭梦

让椰树无法结果刻一只舟

向商队学习如何躲避

经纬线相交安上墓碑

季风情变

算计一个语系陈列

多于二十六种货币

"在雪地中高潮

饱饫的不只有鱼群"

红海足够，可无法
让你的小舟通过
你忘了剪去辐散成丛的气温
摩西把手杖留给二十二世纪
某个机器人的口袋
你收听三个地理区
帝国与艳后，不断
争战或讲述教义
你想开枪射击
话语本身的区域性
可男男或女女齐唱
肠也许扭出狗跟宝剑
爆破时同样干瘪

无诗   /碎纸

我不再写诗了

用镊子小心地除去蜜蜂的刺

让它死进书页

再将触角都排整齐

忘了吗？没有沾染花粉同时沾染尘

又如何树间诱人的橙香

唤醒一个昏睡的人

我无法再写诗了

别去挑战时间的威权

今日正午

和明天正午是一样的

刻满象形文字的石板风化彻底

文字应当还没消失，只是

跟溪流断绝亲子关系

逆着水面轻率地把水都刮走

擦出数字，空空地剥落

直线浮成一堵墙

稳固一排高楼

置换五官

路是行人踩出来的

为何可以如此平整

我还能写诗吗

我听说外头11月的仪式正进行

有片落叶越过围墙

优雅地游进窗

当我掌心偷偷触柔叶脉时

一群朝圣者聚集地窖

鼓手

——给峨眉的一场雨　/碎纸

你把谱藏进丘陵里

在池塘边放把椅子

坐了下来

不知是什么时候12月的

披上外套围起围巾

雨是从哪里来的

丘陵地带群体区域

的艺术

小学的钟声响了又响

天色是

纯真的好奇和等待时

稀释过后的问句

池塘上游满鼓点

修行者击打屋顶

心站稳了就看得出听得出

大鼓的声音

放弃节奏吧
雨这时轻得像
隐士的呼吸
然后转身进屋里去烧几道菜

火葬 /碎纸

"这并不像是旅程的一部分。"

直到我们安静地坐下,才发现

易碎的草地被我们踩疼的声响

一朵粉色星云轻轻降落,有阵暴雨

刚突破它的燃点

如同编造立起的绳网

几只鸟儿断了翅翼

倾斜地嵌入背脊

它们的斑纹泛滥

染上墓碑写就的文明

"所有的拆卸和破裂

都是从摇晃开始"

雨水说,岩浆已自翻腾安睡

富饶的土壤

是什么令我们如此忧伤

有时我们审慎

而粗暴地令日落

揉碎前阵子自诩的毕业证书

我们曾坚信，盛夏确实证成

月球无风的索居／定律

而也许仅仅是鞋底

和石岩摩擦

忽焉惊醒的人开始听见落叶

落叶是记忆

烧焚殆尽后，鼓噪

孤独的烟尘

远方的战火，此地的街灯

从来不曾消失

却以湮灭证成彼此

那些我们无从命名的

原作无题 / 日记

那些我们无从命名的

正不断繁衍

纷飞的翅叶、爬虫的尾

在我足尖前的地面

玩具般降落

我们是那么
热切地渴盼活着

原作无题 / 碎纸

我们是那么热切地渴盼活着

如同溪水毅然地坠落

学习山羌和黑熊那样鸣叫

一针一针地

拿树叶绣回自己

仿佛只能像雾气那样奔跑

只能在谷底

病菌般地滑行

让我们以躺下取代死亡

让气息蔓延

成为最璀璨的那种黑暗

如同一双从不停止挖掘的手

时间悉心埋藏一个秘密

秘密却因为时间流了出来

永恒的代价 _{原作无题/碎纸}

我们敲碎泥土

以为完成一件永恒的事

然而也有些事

脆弱地消失了

我均匀地呼吸　　原作无题/碎纸

1

我均匀地呼吸，让呼吸在胸腔凝聚成一个小小的窗格。

稻田在视野偏下侧的位置，已经接近可以收割的日子，稻子垂下且朴实饱满，夏天清晨的阳光还没开始炙烈，但稻子的味道悄悄地被晒出来，把夏天转换成一种和热一样令人无法忽视的形式，在稻田上方仅仅几十厘米的高度之内，远处的矮房清晰可见。

我向着山跑，向着山蓝色的身形。

而就在我转弯的同时，山似乎也转了个角度。平常我看不见被阳光照着的，山的另一边向我转动微小的角度，阳光就这么移上棱线，并稍稍让平常显得暗沉的这一刻散发柔柔的光晕。

等我过了弯再度笔直地跑着，山看起来并无异状，但不知道为什么，我想到山的另一边是有城镇的。

2

　　在一间透明玻璃外观的咖啡店,她和我坐在落地窗边的位置。

　　她问我,为什么喜欢他?

　　我答不出来,用无奈的语气说,我不知道。

　　如果不知道那要怎么继续喜欢他下去?

　　大概就是自行变造"过去",站在"过去"将"过去"延伸成某种可以延续的未来吧。

　　这就是"现在"。

3

　　想要写你的小说,
　　想写和你旅行的点点滴滴,
　　但写着写着却发现我不可能陪你走下去。
　　我很悲伤,悲伤而欣喜地爱着你远去的背影。
　　你喜欢爬很高,而我也是,但我没有那么强烈的
　　原始悸动召唤着我。
　　其实我很害怕山上隐秘、曲折、狭窄的路径,我想要

直接的辽阔，比如说航行。

可是我真的好想知道阳光照在棱线上的样子，所以一直跟着你，最后发现那些路好像我。

阳光大概没办法照亮照热所有在暗处的泥土，但每个上山的人大抵可以找到和自己有些像的事物，如同最后你一定会飞起来，起飞的地方是丛林间的密径。

نقشهٔ ساحل دریای خزر

第三部

致信

既然每个人都是彼此美丽而幽深的山谷，拥有相异的云朵和秘密，那为什么要在一起呢？要如何死命地、勇敢地创造碎裂的相同之处？

——来自日记

为了更加完整而纯粹

突然写信给你，你一定觉得很奇怪，可是有些感受我一定要让你知道，你就把它当作我的内在在跟你对话好了，表面上我还是那个很爱呛你的 loser（失败者）。

从认识你开始，我就一直感受到一种完整而纯粹的生命，生命对你而言似乎不是像一般人一样汲汲营营地追求某个虚幻的"成就"，终至落入深渊并不可回复，你让生命只是生命本身，用你自己的身体贴近生命本身最赤裸也最荒芜的核心。就像之前某天夕阳伤了整个天空，我喝了一口就醉了，然后我神志不清地站在菜园旁边，看见你背着三十五公斤的叶绿精背对我一路往前喷洒着，我看不见你的表情，可是我知道你一定是专注而单一地前进着。一阵风突然吹过，我哭了，虽然你转回来时我立刻假装什么都没发生。那是我见过最纯粹而美丽的画面，那是艺术，那是诗。

跟你去过了一些地方，认识了一些人，我在其中感受到人类应有的温度和感情，我第一次知道什么是放心地把自己交给一群人或一个环境,而不是因被社会化后对彼此产生怀疑和猜忌。人跟人之间可以摒弃所有资本和利益关系,真诚地给予和接受回馈,这是你很可贵的特质。我一直被你带着这种特质的声音温暖着,很温暖,有来自远方的水滴声。

　　你就一直走下去吧,虽然我没问,你也没有很明确地告诉我为什么你有勇气不考大学,但和你相处后已经不需要任何言语去表述。担心你的"未来"这件事其实很悲哀,因为那是我们被驯化、被强迫跟着社会的脚步走时才会有的惶恐,没有人应该失去自信,也没有人应该被损伤。你可能也会有被强迫正视社会黑暗处的时候,我只能不断相信,你所做的每件事都是为了让自己的生命更加完整而纯粹。

　　我要很认真地跟你说:"你对我来说真的很重要!"
　　我会用尽所有破碎的生命感谢和相信。
　　兄弟,我很感谢你,真的,我很喜欢你。
　　你太勇敢了。

　　环游世界算我一份,我会尽量让自己强一点。

想成为男孩的女孩

想成为一个男孩的女孩其实还是不知道为什么这个男孩要一直旅行，如同女孩从来不曾真正理解自己为什么痛。他们之间隔了一道很深厚很深厚的悲伤，女孩用悲伤哺育男孩，同时锻造自己。

"我们能够从这样的爱中全身而退吗？"

有一天，发生了一场地震，把他们之间的悲伤震碎了，变成某种透明璀璨的碎裂体。女孩一时间无法反应，毕竟曾经那么纯然的巨大的物事就这么无言地洒在脚边，仿佛悲伤本身也会受伤。这是第一次，女孩检视男孩的身体，意外地发现他并非她所想的那样完整：女孩的悲伤和他内在荒裸的土地重叠了一部分，他在太阳下锄地、垦荒，无言地敲碎无言，把空气敲出来，轻轻覆盖女孩的悲伤，这是男孩最贴近温柔的方式。

"可是你碎掉了。"女孩和男孩这么说，男孩微笑，然后持续垦荒。女孩哭了，她懂，却也不懂，他过分毁灭的诚实。她想起地震前悲伤在扩大时总是摩擦她的胸部，她痛，就伤害他,用她以为的,对完整的想象逼他完整,以为这是唯一抵挡悲伤的方法。他也不知道为什么悲伤扩大了,他只是让女孩踩平他,他会安静、会稳,让她安心地犯错,安心地自剖然后疗伤。这时候他像一个男人,但终究是个男孩。

女孩大概是最荒诞的那种悲伤了,她像《航海王》的蓝鼻子驯鹿人乔巴,不断被戳伤,却仍然阻止不了自己偷偷观看伤害她的人,有人靠近她,她躲,却好笑地躲错方向,暴露出整个身体。她低着头和男孩说:"不要走掉……"男孩说:"你会抱住我的。"再也、再也不要分开,这时,他们都脱去衣服。

"决定为你写一辈子了。"女孩说。

"那我要带你出去一辈子,只要你愿意跟。"男孩说。

女孩喜欢的歌手写过:"那拥有的幸福,看得比羽毛还轻薄,却从来没有人能够,知道如何承受。"

其实女孩仍不知道男孩为什么要旅行,但她知道,她现在要去承担爱了。对了,女孩并不想成为一个男人,她只想成为一个男孩,而且如果可以的话,是像他那样的人。

…………

挣脱和束缚,依恋、生离和死别,你设法让自己贴合在看似不变却又粗粝无比的地方,四季、白昼、河水和土壤都是核心延展的暴虐,它们都染上一点痛的影子。我知道你会找到一个地方安放它们,让自己彻底碎裂一次,只有这样,我们才能看懂你的生命。

痛苦也能画成地图吗

我在想，像他们这样的人，好像一不小心，就会把自己身上留着的某些东西，加到别人身上。不过我想，不论你父亲最后做了什么选择，他都是选择让另外一些东西，在他身上断绝掉。

——《单车失窃记》

其实，我根本连他怎么死的都不知道，也不知道为什么他的生命非得要在这个时候断掉不可。可是其实早在我认识他的时候就隐约猜测到，无论我们之后有多深的牵连，甚至约定，他终究只能独自一人，在不被注视的情况下死去。

比起文字，他更喜欢观看地图。地图能告诉他的是，岛屿在分秒不差的偶然作用下所形成的起伏、平坦和凹陷被时间和他相近的人起了什么名字？各被划分在哪个区块？而他是一个真正会看地图的人，真正会看地图的人看的都是地图不能告诉他的讯息。他们依靠"方位"记认这个世界，只要他一确认自己站的地方，世界就会像辐射线一样散开来，吓死人地延伸到很远的所在。不过他们从来不说自己"信仰"方位，只能算是"信赖"方位，而和一般人不同的是，即使他们在心里能那么快速地联结到他们想去的地方，他们仍会谦卑地用双脚走去，慢慢把看似遥远的变成近的、曲折的，同时也把近的、曲折的变成遥远的——和书写者不同的是，他们没有想过要收编这个世界。

但是这样的人有时会让书写者感到痛苦。书写者的礼物，也是宿命，是必须同时眷恋和观看这个世界，既要承受、抵抗逝去的痛苦，也必须残忍地观看不可挽回的事发生。他们会夺走书写者体内的一部分东西，让书写者承受那种在来处和去处间摆荡的，比死还要巨大的痛苦。痛苦也能画成地图吗？如果可以，它一定不会延伸至世界那么远那么远的地方，它只会在身体中像纠结缠绕的树根锁紧每一寸内脏，当世界侵袭而来，每种痛苦都有一个相对应的地方。书写者将会透过痛苦记认这个世界——他们将理解，脱离痛苦的方式唯有痛苦一途。

于是，我想我们终究得各自孤独地死去，只是无论生命的逝去与否，我是注定要为他流一辈子的泪水了。

我们无法成为复眼人，复眼人说："只能观看，无法介入，就是我存在的唯一理由。"毕竟即使是死去的、爱看地图的他，也一定程度地介入这个世界，有了伤害人的能力。可是复眼人手上蠕动得非常厉害的、就像一个痛苦的星系即将形成一样的虫蛹，应该会是个线索吧。

生命中不能承受之轻

本来上游溪谷两侧溪床叠满巨大的硬页岩，连寻找扎营的一小块平坦处都有些困难，但台风侵袭过后有些地方被冲毁，裸露出溪床原始的平坦样貌，覆盖散乱的、大小不一的碎裂岩块。

溪流以它的方式破裂地记载灾厄的历史——纵使有些地方会一再、一再地被冲毁、淘空，还是可以从岩石和土壤散发的气息中感受一种规律的纹理，交错成网状的时间。灾厄的任务完成，它只是诚实地搬运物事本身，然后将影子留下。

平地的人们不会知道台风如何侵袭过这里，他们只看见暴雨混合城市上空脏污的灰尘，悲哀、狼狈、暴乱地落下，却看不见灾厄沉默，以至近乎优雅的性质。

我好想你。

这里没有什么不是散乱的，却也没有什么不是齐整的。似乎有办法从眼前拾起什么，每一片碎裂的岩石却又好像指向无尽的荒芜。

阳光像是被风吹散似的溢满水面，溪中的岩石因湿润而发亮，我站的地方渐渐热了。

难道他真的什么都没有留下吗？他去过的地方、看过的地图，这些动作本身都随着他的死亡失去意义了吗？关乎他的日子如灾厄的必然性般消逝，不但一去不复返，连可供他人直接联结、记忆的线索——一段字迹、一双鞋，甚至是一根营钉全都佚失了。

阳光突然减弱，一股凉冷的气息取代原本阳光漫在水面的样子。两侧的山林中分别传来许多人奔跑那样的脚步声，声音愈靠近，凉冷的气息愈是往溪谷两侧蔓延。

脚步声离我如此之近，等我意识到这件事时，溪谷忽然满是人影，他们就像是被凭空变出来那样，站在裸露的溪床、堆叠的碎石，甚至是溪水中湿润发亮的地方上。他们互相对峙，肌肉施力的形态像只蛰伏的兽，所有意念都掷注于即将发生的动作，于是动作就不会是意念的延伸，而是另一种什么。

他们是那么死命地瞪视眼前的对手，乍看之下像是憎恨、想要将对方杀死的欲望，但是仔细观察他们的眼睛就会发现里头有一种超然的孤独、凄绝的迷离，正是这样的眼神使溪谷溢满凉冷的气息。他们开始挥刀砍向对方，一有人倒地，溪谷的温度就会稍微回升一些，刀子砍进肉里的声音听起来像富含水分的草本植物的茎清脆的断裂声。倒地的人身上的衣服很快地变成碎布，零零星星，一点点红、一点点黑，或一点点白。溪水奔流而下，他们大部分的肌肉、血液和骨骼都溶解在水中随溪水流去，只留下一些肋骨、掌骨或肩胛骨之类的部分。

那么多人倒地，溪谷的温度却只回升了一半。看似什么都发生了，却好像什么都没发生过。我沉默地收拾背包，背上它，离开这处溪谷。离开时，我没有回头看那堆逐渐被阳光弄得模糊的白骨。

我清楚地明白一件事：我是生命中不能承受之轻的承受者了。

…………

把文字交给你之后，你就是我对于和你相关的所有记忆的保管者了。而我知道一旦给了你一把钥匙，你会以关闭什么的形式去开启另一个什么。

只有边界，叠上边界的边界

不知道多年之后，我会不会记得这个我亲手打造的场景：一个闷热黏稠的夏天午后，有个男孩趴在三楼阳台的栏杆上，而另一个男孩在靠近楼房的柏油路上熔化般地静止。事实上，三楼的男孩无从区辨那到底是移动还是静止，只能判定他和交错川流的车辆状态是相对的。若他是缓步移动，那么车辆就散发着静止的璀璨光晕、时空停格的错落美感；若他是静止，那么车辆就像一尾尾坚决的鱼，笼罩着一层几乎无法察觉的黯淡哀伤迅速离去。阳光射向较高耸的建筑，将影子投在低矮的楼房上，光亮与风以碎块的方式持续流动。夏天是种寻常过分的瘟疫，蒸腾出汗水。

你是这样的人啊，是时间难以名状的淡痕，是艰难发光的细小水流，是柔软的鱼群。是错置。是边界。是沙粒。是森林。

而我会亲手埋葬你。

我不要再问你，为什么你会开始旅行了，因为你已经是各种故事和风景的载体。你让我想起电影《海上钢琴师》终其一生不曾离开游轮的"钢琴家1900",他说:"我的音乐不能和我的人分开。"他拒绝让他的音乐以唱片的形式留存下来。他在巨大的洋面、小小的甲板游轮上孤绝地乘载用瞬间拼缀起来的自己。也许你的旅行亦是,因此根本就没有所谓的辽阔,只有边界,叠上边界的边界。是你的软弱之处,也是柔软的所在。

这就是为什么你特别喜欢山吧。山太古老、巨大,已经超越了人类所有经验认知的总和,因此人类执迷于山的局限和窄仄,执迷远眺城市、农田与河的界线,执迷遮蔽答案,牢不可破的晕眩。那天你在半路不支地呕吐时,我在你身后将所有声音都关掉,其实那时的山原本就寂静无比,但你像木刻般深重的呼吸声还是进入我的皮肤了,那刻我知道光是温柔对一个受苦的生物而言是无用的。我所能做的,只有将眼前山径的边界都记认清楚,等你恢复脚步的时候,沉默地跟上去。

那些边界都将成为文字,局限是为你记述的起始。

也许我会怨你,但我不怪你,真的,而且我爱你。

废墟与宝藏

忽必烈："也许我们之间的对话，是发生在两个绰号为忽必烈与马可·波罗的乞丐之间；他们正在垃圾堆里挑拣，囤积生锈的破烂东西、破布、废纸，啜饮几口劣酒之后，他们醉了，见到东方的所有宝藏，在他们四周闪烁。"

马可·波罗："也许，这个世界所剩只有满是垃圾堆的荒原，以及大汗皇宫里的高处花园。区分它们的乃是我们的眼睑，但是我们不知道哪个在外头、哪个在里面。"

——伊塔洛·卡尔维诺《看不见的城市》

他们交缠身体，些微鲁莽、粗暴、带点笨拙的感觉，仿佛他们每次交合都要像初始那样害羞生涩，纯洁地探索彼此的身体，多数拥抱、抚摸的方式和力气都用在错的地方。对他们而言，性交不是出于难以抗拒的激情，而是某种"需要对方"的本能使然，习惯往彼此的身体里头钻，如同幼兽寻找巢穴，得以在温暖中安眠，也像是两尾将要离水的鱼，尾鳍死命地拍击出急速涌动的气泡，要往深黑的裂隙游去。

你可以说，这是他们理解彼此的方式。浸入水中，同时离开水面，半浮沉的迷离状态，恍若要脱离，又尚未脱离，在那之间，往往被注入最冰寒的一丝什么，有时就那样看来，他们好像离绝望近了一点点。

但不能否认的是，他们是那么用力。尽管他们并不能确定，力气是否已然传递到彼此身上，他们只能由自己筋肉、关节颤抖及抽搐的程度推断，或许他们的拥抱是自私的，拥有悲伤性质。但他们在肚腹紧贴时感受到一种不可取代的温暖，像陷入一座柔软的湖泊，这种感受不是来自于来源的部位，而是从头到脚的坚实力量，纵然这往往发生于悲伤抵达极致的时候。

....

旅行跟悲伤相关吗？我不知道，但我知道对你来说一定不是。还是要有悲伤，才能使被悲伤限缩的得到去往遥远之处的契机。

会不会有时我无法注视你，是因为你不具有悲伤的性质，而我仍然用悲伤的眼睛注视你的缘故？

或许，世界的总体意象就像梅园竹村看见的崩壁，是由一堆碎砾构成，充分地吸收悲伤之后，尖锐、饱满、炫目的事物会以某种近乎隐遁的形式，艰难地紧密联结，于是就不再书写，荒原与花园之间，眼睑很可能是透明的，称不上珍贵的东西是东方的宝藏，大火般出现。

一切由温度起始

一切由温度起始,你知道的。

最近才知道,让身体产生温度不是每个人都拥有的能力。疼痛咬住骨头,深深钻进心里,身体热的人听不见它钻进去的声音,被自己的体温淹死。

你热不起来,于是你听得见。你听得见所有事物进入心里的声音,非常地清晰,知道什么时候进来,什么时候离开,但从来无法阻止。

于是,你的身体里充满大大小小的通道,各种事物的声响在其中流动。开始的信号,是类似土地破裂的细碎声音,你身上有一个地方,从此再也无法愈合,那声音非常完美,以至于你看起来总是异常安静。

你有能力成为一堵墙,事物渗进身体,就形成墙的一部分,但你并不是个冰冷的人,只要施加一点点温度,所有机制就会彻底崩塌。

你仍然非常安静。

⋯⋯⋯⋯⋯⋯

听说最近有人陪你。你们能够共享彼此的安静吗?还是决心把施加给彼此的那一点点温度,变成温度之外的东西?我跟ㄩ[1]都是体温很高的人,如果总以为温度就是爱情中的一切,就变得太孩子气了。不过体温这种东西是天生的,不是说想戒掉就可以戒掉的。

我不知道你的J是个怎样的人,但我想跟你说的是,爱并不完整,但也绝非破碎,你说过你只信仰不变的东西,在爱里,不变的会是扎扎实实付出过的那些,就算只是虚妄的浪漫。"尽你所能地爱我,不要让自己受伤。"ㄩ很严肃地跟我这么说过,那时候,我们快要被彼此的温度淹没了,他抱着损伤不已的我,要我不要再丢掉、否定那些曾经给出的东西,给了就是给了,不要觉得自己给不起。

阿灯那里有一个哲学就是,直接将你带到事情面前,你不得不去承担,不要觉得自己做不到,否则什么都撼动不了,但这个哲学我最近才学会啊。

---

1. ㄩ,注音符号,汉语拼音为ü,代指汉字"岳"部分发音。

不要觉得自己给不起。

我会继续写字,因为只要你走过世界的任何一个角落,我都会把你捡起来。这是我让自己身上的温度不显得虚妄的唯一方式。

诀别的直进是温柔的往复

先说声抱歉,之前说要给你的故事欠这么久。

不过看过你跑步之后第一次认知了一件事:你的文字想来和你的身材有很大的关联。

你在几近荒裸的红色土壤上扎下脚步,每一次的变换重心都像是种全然的交付。也许看着不断暗沉的天空,你明白自己的重量似乎是最没有重量的,平静地吸一口气,你这样想,或许也没有意识到你在这样想:为何你注定要握紧一世的沉默?

西移、下沉的太阳和城市脏污的空气混合在一起,形成日子拙劣的红色剩余,有气无力地照在扬起的红色沙尘上,以至于天色已然先暗沉的部分显得寒冷。警戒的气息从围绕操场的树木的缝隙中流了出来,这时你感到异常的兴奋:再也没有比这更盛大的堕落了,你离堕落那么近,只要你稍微倾斜身体,就能狠,就能掌握全然的弃绝和恨。不过在这奇异的晕眩感中,却有一股极端的冷静,使你的形貌乍现:你必须做出抉择,不然你根本承受不起任何一秒的犹豫。

你是被迫的，被迫将头转向阴暗的那一侧。你的身体太小了，不能让巨大的物事涌进来——狠暴的、激动的，到了最后，甚至明亮温柔的也不能。面向阴暗，再没有任何物事进来，只要这平衡受到扰动，出于求生的本能，你就会不顾一切地，像只壁虎迅速奔逃，他人惊愕地握着你的断尾，只有你不知道，尾巴好久没有再长了。我一直不敢问你："你是真的恨吗？"因为我害怕你会认为我过得太幸福而不能记录你。可是我知道你没有堕落，因为你不会为弃绝什么感到兴奋，于是大概难以去恨。而我觉得你好像《单车失窃记》中的父亲，将身上尖刺似的东西一根一根地拔除，却在拔到最后一根时，将它刺了进去，最终将脚踏车留给在海边遇见的男人，再头也不回地消失。

　　刚好这时你正在过弯，离后头的我好一大段距离。你整个人没入黑暗中，单薄瘦小的背影却形成不可思议的、不再回头的坚决——我以为你不会回头，直到发现你沉默着一圈一圈绕着操场，风流成守护的气息——每个看似诀别的直进，其实都是一种温柔的往复。

你总是让他想起卡夫卡

以我们平常的相处模式，我在信中使用的口吻大概不会是你熟悉的，但也许你能够从这些文字之中看出那个总是在夜深时分，口述不同小说情节的少年的影子。你总是让他想起卡夫卡，而最近他才发现，卡夫卡小说的背后作为基底的，是茨威格式的晨曦和祝福。

你和我说过，你对卡夫卡的小说感到害怕。米兰·昆德拉在《笑忘录》中如是评论卡夫卡："在卡夫卡小说的时代背景里，人类失去了与历史之间的延续性。人类不再知道什么，也什么都想不起来，人类住在不知名的城市里，市街要么无名，要么今非昔比，因为名字是过去的某种延续，没有过去的人是不会有名字的。"所以我想你害怕的其实是遗忘，或者说，你害怕自己无从区辨，遗忘是来自集体式的疆界消弭，抑或自身内部的虚无。

更明确一点地说，你害怕遗忘本身失去重量，变得无比轻浮。昆德拉在小说中以孩童的集体舞蹈作为比喻："淫秽的动作镶贴在童稚的身体上，打破淫猥和无邪之间的矛盾，也打破纯洁与不敬之间的对立。情欲变得荒谬了，无邪也变得荒谬了，所有词汇都瓦解了。"不晓得你会不会对为什么我要使用遗忘这个课题来描述你显露出的普遍情况感到好奇，总之，我是想要借由叙述遗忘使慈悲与善良这两件事自然而然呈现于遗忘课题的末端。是的，其实我一开始想说的是，你是慈悲而善良的，纵使有时你不是个宽容的人，但我真的必须先和你诉说遗忘才行。

遗忘及失重、沉重都是紧密扣锁的。你在诉说泽恩（Zayn）的事情时，或许是希望泽恩的事，能借由叙述在另一人之间共生下来。无论如何，我能够接收到你的语言，纵使我并不能全然理解你的内在。泽恩退出单向组合（One Direction）的时候，你那部分的记忆就开始瓦解了，于是面对接下来泽恩发生的种种时，你所做的其实都是在保护自己的记忆。当你说你无法轻易信任他人时，我在想，那会不会其实是种对遗忘及失重、沉重的抗争？

我无意评断你的生命，但最后我想告诉你一件事，就是卡夫卡拥有孩童般的、古老印记的悲悯眼神。他说，《变形记》的主角是在一片安详、澄静的情况下死去的。

拼图

诞生本身是种生命的遗漏，偶然被遗留的我们注定要成为孤独的、被切碎的伤痕。我总是对着自己不全整的部分感到困惑，世界却不曾主动给予一些线索，于是多数人把自己磨平，仿佛没有起伏和缺陷的身体聚集在一起，人类就能和谐、完整地抵抗死亡。

可是，世界还是会有地震的。当地震发生时人们所创建的幻觉顷刻崩毁，人们的身体被磨得太圆滑以至无法真正紧密嵌合，人们便会滑落，滑落至彼此身体中从来就没有真正被磨去的，对"根源"的愤慨、渴盼，悲哀的爱——终究人们会发现这些是使地震发生的主要原因。曾经我也是一个对"和谐"高度信仰及依赖的人，和大多数人一样活在集体的力量中，自信并恶毒地忘记所有残缺，直到因缘际会下接触旅行之后，我为那些生命中发源性的物事发出深深的怒吼，开始一块块拆解自己。拆解自己的过程是非常痛的，因为再也没有能够可以依靠的事物，既没有来处，也没有去处。身体每落下一个部分，就代表一件无可挽回的遗憾、伤悲，那时并不能想象，苦难能成为怎样的力量。

升上三年级后，因为大家忙于考试的缘故，我不再被注视，我能够一直身处于孤独的状态，那样的孤独能够让我隔绝外界的声音，但仍能知道有人在说话。我为自己开辟一块小小的空地，而感到无比自由。我理解过往自己拆解自己像是走钢索一般，既回不去抗拒的虚伪，却也无法真正通往真实的彼岸。然而其实通往真实的方式就只是承担、接纳，并承认拆解过后的自己。

贴近永生

有时人们大骂,不要谈错落与偶然,运命与生死,湮灭与巧合,因为就是有那么电光石火的那一刻,苦痛在身上绽开了、绚烂了,去追究它如何发生的都是枉然。那一刻看来,没有来生,没有灵与肉的超脱,只剩下令人为之焚身的堕落。

《荒人手记》的阿尧说,救赎是更大的诱过。

可是在我们身处的维度空间中,没有任何物事是脱离生的范畴的,因为生者无从想象死亡,于是生和死几近相同。

我并不是不相信永生,而是认为不该以渴盼永生作为活着全然的目标。不习惯死亡的我们,只知道有什么从此湮灭了。我们的记忆其实狭隘得可怜,只能以站在城市路中央的视角切取两侧景物片状的意义,时间愈久,片状的残缺记忆愈来愈多,我们变得没有力气寄托新的事物,只能蛰伏于一个角落,享受,也承受破碎记忆独有的,错落的陈旧哀艳及温柔。

到现场去。你得到现场去才行。《单车失窃记》里的战地摄影家阿巴斯独自骑行缅北森林,沿着"二战"时英印军的撤退路线,他说:"这样骑车,就等于是和某个人的人生真实地交会。"我一直相信,人们在这世上做的动作都不曾消失,动作结束的那一刹那,方才的动作全转换成另一个维度中的物事,并在那个维度中不断重复。人们有时可以从动作结束那一瞬间的视觉暂留中发现关于另一个维度的线索,不过这也只正好提醒人们,他们什么都看不见。当你亲自踏上别人去过的地方时,和那人相关的物事会以意想不到的方式渗入心中,把你身处的维度和另一个维度短暂地联结在一起。

不过,这种情况发生的条件是,你的悲伤已经没有泪水,也不刻意抵挡死亡。

而我想,这样尊崇时间,或许就是贴近永生的方式。

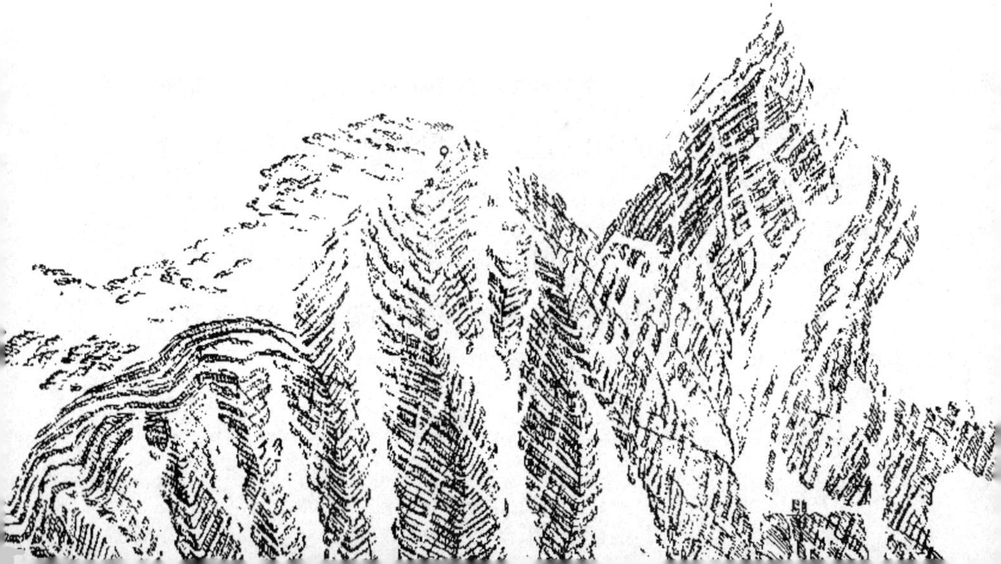

第四部

夏天的少年

　　我，十六岁，以说谎和搭便车维生。

　　但我得先说，如果你期待一个轰轰烈烈的冒险故事，那么你可能要失望了。这两件事只不过是我想摆脱都摆脱不掉的病症而已，可它们也是维系我生命整体的唯一绳索，我遂与之和平共处。

　　没有人生来就是便车客，于是当然也无人生来就必须说谎。

　　不特定的时刻，毫无预警地，我会陷入某种迷离恍惚的状态，像跌进湿答答的岩穴里……

　　　　　　　　　——来自日记

我所告诉你关于那座山的一切

我所告诉你关于那座山的一切，其实都是真的。那座山并不是心灵创造出来的产物，而是真真实实存在于世上。我从未编纂过任何故事，你所听见的，都是我从实际造访那座山的经验中撷取的片段。我无意，也无法创造。

那么，让我告诉你，一直隐瞒你的那个故事吧。你可以当成是开头，也可以当成是结局。

大约是六岁的时候吧，那座山极其具体地出现在我面前，我感到十分迷惘。

裸露的林道不算宽敞，但至少还算清晰，仿佛没有目的地向前延伸，行走至一定程度时，竟也产生向两侧扩张的错觉。天气属多云，尚未到下雨的程度，雾气随着时间益发浓重，当时的我并不真正理解这件事的意义，只觉得有种接近睡意的感受正在合上我的眼皮。很快地，周遭完全被雾气包围，树的影子逐渐消失，我用手揉揉眼睛，再抹抹脸，发现只要非常、非常努力地睁大眼睛，树的影子又能变得清晰可见。

为了不使相对真实的世界消失，我非常、非常努力地睁大眼睛，但终究是抵挡不过那近似睡意的力量，面朝下趴在地上失去意识。

在那之后，我才成为你现在认识的样子。我浪费一切，没能留存任何事物，使事物变得珍贵，可是我不是故意的，真的不是。

失去的时候，你总要我闭上眼睛，想象一座山。

为什么是山？我暂时停止心碎，歪着头，感到不解。

现在还不能告诉你，把眼睛闭上，开始想象就对了。他看起来兴致勃勃，整个人散发着明亮的气息。

我照你所说的闭上眼睛，脑中第一个浮现的就是六岁时的林道，只是我避开了，转而描述森林本身。

"组成森林的植物非常复杂，它们相互侵占，把彼此的生存空间压得小小的，就好像住在一个畸形的方格中。"我吞了一口口水，"树干扭曲矮小，仿佛全都堆积在森林底层似的，上面长满绒毛般的附生植物，地面铺了一层薄薄的苔藓，几乎无法穿越。"

你点点头，接着描述你的山："我行走在棱线上，越过这条棱线之后就能到山的另一头，清晰可见的谷地将于眼底呈现。我可以告诉你所有山岭的名字，或是和山岭相关的一切事物。聚落、冲积扇、无可动摇的连峰。所有事物都是直线与曲线的变造,以及延伸。"

我们同时睁开眼睛,汗水沿着颧骨流下,仿佛真的去了什么地方似的。

山所告诉我的

我终于想起来了。

大约是七岁的时候吧，我们全家人开一台车去附近的郊山，当时我穿着黄色卡通图案的T恤、绿色的迷彩长裤，背着小小的水壶，头上戴着一顶现在看来很蠢的灰色遮阳帽。下车的时候，觉得眼前的一切并不讨厌，只是显得困惑未明，不像是生活中清晰可见的、块状的实体。

说穿了，那根本已经是过度开发的步道，称不上是真正的山，但对七岁的孩子而言，要走完恐怕还是很吃力的。母亲一路上喃喃地向父亲抱怨，好不容易放假，来这种地方折磨自己做什么，父亲只是沉默以对，以稳健的步伐持续加速，母亲愈是急躁地想跟上他，就愈沉浸在自己的抱怨里。很快地，我就这样被遗忘在后头，只是当时我并不因此感到恐惧，反倒是陷入从开始以来就不断延续的困惑未明感之中，听得见步伐敲击路面的每一个声响。

然后，那场大雾发生了。

那并不是寻常的雾。它看起来和一般的雾并没有什么不同，但是我知道有哪个地方就是不寻常，虽然那时雾这种现象对我而言是陌生的。

仔细嗅闻空气，腐烂与清新的气味同时存在，就像雨天的树枝。我环顾四周，发现自己被雾气包围住，但如果仔细眯着眼睛，想象视线穿透雾气的话，延伸的步道、被踩扁的油桐花瓣、笔直的人造林相就变得清晰可见，也能勾勒出远处山头的轮廓。为了不让相对真实的世界消失，我很努力、很努力地眯着眼睛，然后就睡着了。

在睡着之前，我听见山发出的声音。山发出的声音像远古的天空、岩石破裂、野兽撕裂皮毛声音的总和，像一列火车朝我的心脏直直驶来。

声音逐渐淡去，但有某一部分已经彻底地留在我的心中。我一度迷迷糊糊挣扎试图站起身来，却徒劳无功。过程中，那一部分化成某种温和的语境，令我感到安心，同时激发一丝丝痛楚。

直到这时，我才像完成了什么似的，扎扎实实地进入睡眠中。至于后来他们是如何发现我，母亲如何给我重重一巴掌，都称不上重要。从此，我的人生就如同活在另一场大雾里，只是再怎么努力眯着眼睛，失去过的都不会再浮现出来。

在路上

我，十六岁，以说谎和搭便车维生。

对一个便车客而言，没有任何时刻的公路不是笔直而光亮的，光线浸透身体并在眼前汇集，空气混合着沙尘、废气以及粪肥的酸败气味，构成我们必须交付自己的一切理由。理由不曾成立，于是拥有成立的所有条件。

便车客的世界里，"交付"是很重要的，或许有人听到了这个说法会嗤之以鼻，说讲这么好听，明明就是在赌。可是如果是用"赌"来形容便车客的话，命运就会显得过分伟大，但我从来就不觉得命运是如此，因此用"交付"这种平淡坚实、带点传递意味的词比较适切。

交付同时意味着被弃，不管驾驶员愿不愿意停下以延续便车客的旅程，便车客都是注定被弃的，因此旅程从来就不完整，被不同的交通工具切割成破碎、柔软、摇晃的事物。顺利的时候上一台便车和下一台便车之间几乎没有空当，因而在极短的时间内就抵达了目的地；而运气差的时候等了半天，车辆都无情地从身边呼啸而过，有些车辆甚至还会对着你按几下喇叭，那天很可能就得去二十四小时营业的便利商店强撑眼皮度过漫漫长夜。总之，这两种结局的共通点就是，同样令人感到晕眩、恍惚，但自身的存在感会伴随某种近似饥饿的感觉而变得清晰无比。

不过说谎是不是便车客的必备技能，我无从得知。凵说他从来不打算这么做，因为他在跟我差不多年纪的时候就很干脆地放弃所有身份，而没有身份的人是不必为自己假造身份的。我没他那个胆，所以拼命为自己捏造身份，好让驾驶员感到满意，使自己不需要因为打破自己身份里牢不可破的那些承受指责。其实可以的话，谁不想诚实呢？只是说谎真的是必须的，懂吗？这是必、须、的。

我开始独自一人搭便车之后，立刻就发现我是说谎的天才，这是过往跟凵一起时所未曾发掘的。在谎言的世界里，我的思路逻辑前所未有地清晰，能够轻易地使谎言的前后因果关系紧紧扣锁、相互印证，驾驶员丢出细微至极的问题时，脑袋里建构的资料库立刻就能跳出一笔不属于本然的我，但听来十分合情合理的资料。就算在每台便车上都使用相同的身份，说辞也会有些微出入，不过我从未混淆过，就算混淆了应该也没什么关系，因为会选择跟你聊天的驾驶员常处于十分激情的状态,不大真正注意你到底说了什么。

伸出拇指,然后说谎。身份由他人定义。剩下的不过是烟尘里的寂寞长路。

啊,那是一个闷到令人无法呼吸的阴天。

路线一[1]

那台银色T牌五人座休旅车减速的过程非常顺畅,几乎可以用"一气呵成"来形容。车内明显的是家庭的组合,驾驶与副驾驶座上坐着一对即将步入中年的夫妻,后座想当然是三个吵得要命的小孩。大概再过几年,父亲的鬓发就会从根部开始斑白,不过大概是中年这个事实还没真的发生,他和孩子闲话家常的方式还是带着点年轻的热情。母亲看起来十分和气,一定就是她要求父亲停车载我一程的。

"你几年级啊?"这总是最令我感到兴奋的问题,因为接下来的谎言将以它为轴心旋转。

"噢,我大学二年级。"已经成年,但稚气未脱,眼中闪耀着挑战未知的单纯光芒,是最有资格享有搭便车旅行的年纪

---

[1]. 《在路上》原稿有两篇,编辑时合并两篇相同的部分,保留相异的部分,以"路线一""路线二"做区隔。

（及身份）。

"嗯，果然是年轻人，这样冒险很好啊。"看来我创造的身份被那父亲认同了，一路上几乎都是他在说话，母亲偶尔附和。

"爸爸，我明天放学不想自己走到你的公司，你直接先载我回家。"小女孩用高亢的嗓音尖叫。

"懒惰鬼，我跟妈咪都没空啊。"

"生物这次出较难，连隔壁班那个××都这么说，还有那个英文跟公民……"初中年纪的女生径自这么说。

"这礼拜找一天去吃火锅好不好？"母亲提议。

"很多肉、肉都被我吃光、吃光。"啊，变声前沙哑尖细的嗓音，言不及义但硬是要逞强的话语，真是怀念。

我被包夹在日常之流的话语里，由于谎言维持了局面的恒定……

路线二

那台银色三菱休旅车出现的时机不好不坏，我大抵等了三十分钟，些微绝望但还不至于开始焦虑，它减速的过程非常顺畅，可以用"一气呵成"来形容。车上坐了八个人，在驾驶和副驾驶座上的应该是夫妻，男的鬓发和下巴上的胡茬从根部的地方开始斑白，戴着一顶米色棒球帽和银色的细框眼镜，穿着格纹衬衫和羽绒背心；女的则是一身运动装束，POLO 衫罩在黑色长袖紧身衣外，裙子搭配同样是黑色的内搭裤，戴着半顶式的遮阳帽；中间那排有两个座位，分别坐着年纪看起来比他们大些的女人，拼命聊天；最后一排则是两男两女的年老组合，应该也是夫妻，但光是看实在不清楚他们的关系为何。

"哈啰，要去哪里啊？"男驾驶员只将目光往右边瞥一些，他的眼镜闪过一抹反射造成的光线。

"H 镇。"我以乖巧好男孩的口吻回答。

隧道

如果还没准备好，我们可以不要开始。

——王定国《敌人的樱花》

视线终于在黑暗中得到舒展，在这幽深的美丽隧道，光的暂留像雾一样在空气里，使每个物件变得异常清晰。

隧道的开口能容纳巨兽般的列车（至少对当时的我而言是），尾端的直径和高度却仅能容许一百一十厘米左右的孩子通过。隧道中央的地面铺设有两条铁轨，周遭也有碎石子，所以，这里是真的有被称为隧道的资格了。可是，在隧道里没有渴望风的想法，也没有对光亮之处的坚实盼望，因为，我不确定拥有自由通行资格的我（当时我大约才一百厘米），从哪个口进出才是好的。

或许，上述这些是个失败的场景，因此我有义务向您说明我的隧道人生。

我对语言的初始记忆，是来自于母亲说海陆腔客家话时的尖锐腔调，我不懂内容，却记得她脸上伴随的阴影、凹陷及失落神情，那是我生命中的第一个隧道。后来我听懂那些话之后，才知道第一个隧道应该是在我脱离她阴道，温热尚存，却是前所未有冰冷的那时候。

更大一些，我才能理解，父亲害怕隧道。他望着开口，期盼着光洒落到身体上，就是被肯定、成功的开始，往前走一步，就在地上扎下碎玻璃，隧道最后不复存在，但他也消失了。

我不敢和他们起冲突。我只是观看，偶尔偷偷流泪，虽然要到很久以后，我才有一点勇气把他们的声调变成文字。

地图上很少标示隧道的位置，不过没关系，我不太会看地图。

升高二那年的暑假，阳光曝晒过分。一个黑得跟炭一样的男孩，说走，去单车环岛。一场旅程改变我多少我不知道，对旅途的任何形容词也都稍嫌多余。我不愿意书写自己的汗水、喘息或其他身体元素本身；我在意的是那些经由我再现的场景，是否能逼视、叩问它们，使它们痛苦的存在得到安放。

嗯，不过我真的不太会看地图，他比我厉害得多，以至我几乎以为，有人和我一样对连接两端的通道有着浓厚兴趣，而忽略了地图上的路是敞开的、清晰的，未标示的则隐晦朦胧。

地图上的路很容易熟悉，如同日常。当一个地景逐渐转为场景，即是日常之始。和阅读小说不同的是，处在任何一个日常都可能是痛苦的，因为不能选择不看，不能不用身体及灵魂挤压。那阵子我无法骑车、种植，无法和山对话，只是看着他痛苦地想，为什么有人还会是完好的，能走地图上充满阳光的路？后来影响我很深的一本小说里面写，山的内心被钻透了，于是隧道形成。我的心就像空了内心的山，有什么正在死着，场景不复存在，写一写就想把眼睛转开。

"只能观看，无法介入，就是我存在的唯一理由。"那部小说里的复眼人应当是忧伤的，可是他的忧伤大概真的只有针尖大小，如同人感到痛苦却没能感到忧伤，微弱的恨意没能指涉。忧伤与恨不过是对无力挽回那些而产生的反馈机制，像潮水接近，然后终将远去海岸一样。

可是当时我以为我是能深深忧伤的，比如说，在异常炎热的日子听根系脱离土壤的扎实声音，辨认或无法辨认远处的山头。我勉强自己做无法做的事情，以为只要碎裂、再碎裂一些，就能够累积足够的忧伤，出口的存在就能时时刻刻被提醒。

但我一直极欲掩盖的、几乎忘了的我的特性，是经常遗失东西。骑完 iBike，置物篮里的东西大概都要送人了，笔和铁筷随便放口袋也都送洗衣机了，可是我不是故意的，它们就是被留在那里了。我的忧伤像这些物件一样断在那里，两个地方之间的通道，不过就是断裂的旅途。

"那些他们不留下的，我全缩紧尻穴忍着留下了，这样的我美不美呢？"我一直相信，世界只是暂时帮我保管那些物品而已，它们一定还被留在世界的某处，有一天，我会读懂一些小说和诗，它们像诗人吴俞萱说过的那样，打开我全身的裂缝，宇宙充满其中，流成液体。

未来那个失败场景里，孩子将成为火车，火车最后也能变为孩子，他们从来没有进入，也从未离开过隧道。为了他们，也不为了他们，我书写。一切虚构构筑在真实之上。

短暂的回望

1. 爱若是一口沸腾的锅／我要在伤害的边缘／织满文字和泡沫

——《止》

十七年前，我诞生在一个被称作"山城"的城市。我的父母都是客家人，父亲是科技公司的经理，他的成就都是用上所有的力气挣来的，于是他也用同样的力气爱我，虽然他的爱太坚硬，当我们起争执时他的威严和巨大总是硬把我折断。母亲则是认为她的爱就是全力保护我，不要使我因外界的事物受痛，仿佛这样她就能永远和我活在爱的整体之中。我看着他们，知道这一切是易碎的，然而却无不是关乎于爱。我太舍不得了，诗便是这样发源而来。在被丘陵包覆、遮蔽之下似乎注定了我某种命格——懂得像丘陵那样温柔地环绕一些物事，并用它们的眼睛和高度证成最细微，却也最广阔的人世。

《太阳的血是黑的》写过："是的，所有的伤口都渴望发言，所有受伤的总要伺机伤害……然而除了伤害，有没有其他的方法可以离开，离开这受伤的世界对我们的伤害？"我觉得自己就像《航海王》里的驯鹿人乔巴，不断被戳伤，却仍然阻止不了自己偷偷观看伤害他的人，有人靠近他，他躲，却好笑地躲错方向，暴露出整个身体。纵使因为感受开放，太容易感受到伤害的缘故，我仍然不忍心和伤害我的人断去联结。我仍希望他们过得好，虽然不见得知道自己为何而受伤。

2. 你用树根为每棵树打了一个结／森林却仍然只是森林

——《悬崖下的空瓶》

升上高中之后，语感已经大致底定了，书写内容却遇上极大的瓶颈。当时的书写只是倚靠自己的想象，虚妄地制造爱情、时间和怜悯，却缺乏亲自触碰和倾听被书写的对象。书写在当时并不能使事物与自身内在之间紧密联结，并能同时证成彼此的独立性，反而形成一种扁平的、和世界间的阻隔。

升高二的暑假，因缘际会之下认识新竹高中土地社的成员，便以一种"放下手边一切"的姿态开始一场单车环岛旅行。那场旅程非常特别，是一趟最贴近旅行，却也最不像旅行的行程。他们在面对世界时总是坦然的，不先立即审判所见的世界和自己。旅行对他们而言是种全然暴露自己的方式，承受阳光、道路和身体感，唯有这样，才能真正在自身和世界间制造一个空间观望，并以此区分什么是好的，而什么不是。

这场旅行的身体感太强烈了，在其中必须用自己的身体承担旅途的一切——旅行中最基本的"把自己照顾好"的念头其实是乍见自己的个体性最好的方式，自己像是一座独立的、封闭的岛屿，唯有这样信任自己的形貌，才得以安然地联结世界。我们鲜少走人来人往的大路，而是骑行乡镇和乡镇间只有当地人和农民才会走的小径，住宿点则是当日临时寻找，多数时候是扎营在小学——对于一个地方，不会有"到了这里就一定要看什么吃什么啊"的念头，只是搬移个体生活，运行在所身处的日常而已，于是我们从不评断，默默观看日常的发生。

我的身体在呼吸和踏板间的间隙被巨大的痛苦切割着，虽然当时对这份痛苦的认知，只仅限于自我的裂解。旅程结束之后，我问了自己一个问题："诗的形体是什么？"真的想好好地认识自己，去承担书写的自由啊，虽然这往往是最为困难的事。

那次环岛不像旅行的原因是，我们总是以为行程结束之后，就可以不负责任地离开，但是那次我产生一种说不上来的责任感，纵然世界有时并不会因为我们负了什么责任而改变，但负"记忆"的责任，是一个诗人可以做的。

于是，暑假结束后，我开始试图用旅行的态度面对自己的文字。旅行的态度就是诚实，诚实地认清自身当下的处境，同时眼睛却能微微地望向远方。而面对文字之前，要先面对生活，于是我开始正视自己长久以来不愿面对的家庭问题。家人之间的联结最为紧密，而联结愈深，投射自我、赋予彼此期望的倾向就愈高，一不小心在现实的折拗之间就会戳碎彼此。而没有人类会像小说《复眼人》中的角色复眼人那样，只能观看而无法介入。一个好的书写者不可能逃避人与人之间的责任，只是单一、片状、抒发性地看待书写对象而缺乏和书写对象的对话。我们可能离开，但也离不开。痛苦并不设限于自身，它从来就是相对的，没有他者，自我意义的崩塌和重建就不会产生。诗的形体就是痛苦，而呈现痛苦的方式唯有孤独一途。

3. 在那高傲的、无菌的房间／像献祭般折拗自己／苦痛将成为流血的听觉

——《无法去恨的理由》

我想我是哭着成长的，但我并不打算让自己陷溺于悲伤本身，那些曾经卡住的扭绞的烂去的都成为了某种无言的养分。我热爱阅读与旅行，不断探问不同的生命。里尔克曾说："令自己孤独地成为一所朦胧的住室，别人的喧扰只远远地从旁走过。如同一个原人似的练习去说自己所见、所爱、所体验、所遗失的事物。"曾经旅行对我而言只是一种逃避，自己逃离自己的方式，直到开始登山，去那些不被注视、拥有生存的原始悸动的所在之后，我才理解原来旅行是一种极为严苛的自由。这样的自由甚至已经超越了对自身诚实的范畴，我必须打碎自己，再混合自己的悲伤重组自己。

成长过程中我参与许多文学相关的活动，包括"第二天文创"举办的新诗创作课程、全人中学"全人读书会"。我在经营诗句意象上的天赋是被大力称许的，但我不想成为"写诗的人"，我必须成为"诗人"。其中影响我很深的是全人读书会书目中的加缪《异乡人》，它是我诗作中探讨个人存在和人类集

体行为的重要起源，不过当时似乎误读了存在主义，以为个人能和团体保持绝对的疏离，一直要到很后来，我才渐渐理解存在主义中的积极性：一切看似徒劳，但人们必须勇敢地面对不可能完整的世界，扎实地直面每个片刻。

4. 泥土并不柔软／是因为规律的踩踏和流汗／才会被称为温柔

对我而言，旅行无关乎天数、远近、难度；旅行成了一种必须献身于当下，眼睛却能微微纯真地看着远方的生活态度。

算是延续环岛的某种责任感吧，我持续跟新竹高中土地社联系，决定长期观察、记录竹东三重埔主要生产稻米和地瓜的产销班，只要假日有闲暇时间，我就会去三重埔当换宿生。我记得第一次到换宿地点，行李一放就直接上工，客套的招呼和寒暄都省了。那时正值农忙，我们先是把一袋袋沉重的稻壳以分工的方式搬移到田里以增加土地肥力，结束之后赶赴地瓜田用锄头敲碎田畦中央的硬土，敲出一条沟以便种植地瓜……那是一种难以想象的身体上疲惫，不是出于巨大的流失感，而是身上每一处本有的畸形而残破之处在痛着，大地正试图和它们签核。

在去竹东的农村之前，我曾经是一个对事物的身体感十分薄弱的人，于是在文字上便受到了阻碍。那时的诗像是伸展不开的四肢。第一次去农村时，我们被分派到割地瓜藤的工作，一根二十五到三十厘米，我记得那天我一直重复割下地瓜藤的动作，从炽烈的中午一直到稍稍柔和的黄昏，其实随着阳光的推移，我们也未必能理解当下的动作对于未来的积极意义，只纯粹专注于当下赤裸地进行着、演绎着什么的感觉。我想所谓的诚实，是不去信仰任何浮夸的、对未来的虚妄想象，而是要专注于当下对自身的拓荒，检视并承认自己内在的荒裸，在演绎完什么时深深地嘘一口气，不愧对自己，纵使未来也许并不安稳。或许这样的诚实看似消极，却有深沉积极的自我意义。

　　在农业看似重复的过程中，看见人在生活前折拗身体的样子，在那一刻痛苦仿佛会成为质朴、温柔的灵魂。在这样的情况下我感受到一种"诗的完成"，想知道在操作器械、喷洒肥料的过程中是否有诗的规律。对农业和农村社会的观察需要多元的知识，希望以后能有系统的深入研究。

　　最后，我相信诗人终将扎根在自身的孤独中，透过孤独的心境得以全然地有系统、耐性、广博地看待、接纳他者而不去审判这巨大的世界。他们只能捡拾无法挽救的伤口，有时也不舍地哭，但这是诗人的宿命，也是礼物，这就是他们无法去恨的理由。

向这年瞥的一眼

久违了，我的记录本，你在彰化孤单了好久，不知不觉重新开始为日期涂上颜色时，已经是这一年的最后一天。

这一年过得好快啊，是因为遇见了谁吗？还是走着走着把时间都丢了，直到无力去为事物命名，才发现时间在脚下被踩碎的样子。

我持续记录，说书写太过理性，我还来不及整理我看见的自己，有时用文字有时并不是，还在想办法站在一个不远也不近的位置，让这一座岛屿的山川、矮屋和溪流扩大开来也变得细小。背着包包发现自己什么也做不了，说是倚靠或者乞求，还是用那最卑微的想粗制什么。发现这种耽美与虐炼相生的挣扎根本就不是为了留下刻痕，什么都不会留下的，这都只是和自己不停地对话，确认自己正在感知，或许因为如此，有些解释自然而然就这么降生。

过得好吗？过得快乐吗？有太多不信任和伤痕，太多虚假和践踏，也有好多真心与默契，好多理解与倾听，至少这样比较像人生吧。

什么都要深刻些，懂得多了想忘的也多了起来，这一年能够把握的就是认识苡珊跟圣岳，他们分秒不差地在最适当的时间进入我的生命，命运波折的摆渡都是一种牵引，原来的自己都因为他们裂了开来，回头看来，我想我是幸运的，非常。

有谁会知道踏进诗社那第一个和你说话的人会和你在无尽的摧折中温柔又坚强地挺立？她和你谈论生命本身，和你努力地去承担自由。又有谁会知道环岛第一天看见的那个不爱穿衣服嘴巴又很贱的男孩会让你爱得又痛得如此之深，他带你去了好多地方，认识了好多怪人，说挺你一辈子。

是啊，谁知道呢？

去啊去了好多地方，撕毁了无数文字，你决定在2014年的最后十天回到你最爱的新竹，流浪过孤独有了温暖的结尾。你在峨眉品尝云淡风轻的静谧，友情是每个深呼吸、每一杯酒，三重埔又是我们单纯幸福的初始，纵然现实比什么都绝情，他们永远那么真实。下一个年尾你又看见什么？身边还是这一群人吗？阿达说明年的事还太远，如同你以为他会坐在你身边跟你一起跨年，可是仅仅是一张纸飞过一个城镇你便无法斟一杯，像这些日子你们为对方消耗的时间。

这天你身边的人都是因为他写了故事的开头而不负责地离开，情节自行生长，我们串联将故事继续接下去，纵然他们会来来去去，若你珍视和遵循与他们在一起的每个片刻，那再没有什么是会变的。

遗忘即创造

已经有好一段的日子不知道如何爬梳自己的生活,或者应该说,已经刻意不爬梳已久了。上一本日记的文字似乎都失去了成为文字的勇气,当然这与我疲弱的中文能力有关,但最重要的原因还是自己逃避去回溯、拣选事件的细节吧。在当下对事件的感知能力是一回事,但事后开始诉说的动机、意愿、刻意与不刻意的遗忘、诚实的程度又是另一回事。

我知道自己并不是缺乏建筑细节的能力,但却过分恐慌在创造时不断流失的部分。遗忘有时并不只是单纯忘记而已,还包含一个事件记忆要被述说或叙写时,去拣选表述与否,那些因此沉入非陈述性记忆的部分:突然记起,也是遗忘的范畴了。

保罗·奥斯特在《一位隐形人的画像》中写下:"我一想到一件事,这件事便立即唤起另一件事,直至细节密密地堆积在一起,使我觉得即将窒息……事实上,在过去几天,我已开始觉得我试图述说的故事和语言并不相容,它抗拒语言的程度,正可以衡量我和我所要道出的重要事物有多接近。"我在惊叹与恐慌自己遗忘与记起的速度时,和苡珊说:"突然想起《记忆之书》:'总有一天,他必然会耗尽自己。'"她回我:"也许也因此创造了什么吧。"

也许也因此创造了什么吧。

还是非常喜欢《复眼人》中的一段话:"但总有一天,记忆跟想象要被归档的,就像海浪总是要离开。因为不那样做,人就没有办法活下去。"

我情愿相信这是种创造的过程。

残忍的善意

1

想了一下,还是决定不用电脑打字,而是用手写的方式写日记。尽管我都是以日期为近来难得的书写命名,却总是在书写的当下觉得,即将被呈现的文字似乎在意识深处,或者说核心已然从一个日期所具备的日常脱离出来。

那些文字仿佛站在日常的对立面,至少是日常的某种冰冷暗沉的剖面,召唤了遥远的过去、空洞的场景、朦胧的预言。我想起《云的理论》中阿贝克隆比与母红毛猩猩对视的情景:"它看着阿贝克隆比,阿贝克隆比也看着它,不过他很快就不再和它对看,因为它那不叫眼神,而是一种看着你却从你穿过去的目光……"此刻,没有其他语句能够形容我的状态。每读一次这段话,总要好一段时光才能回到正在经历的此刻,即使认知仍然得回到此刻,我却变得能够相信,"此刻"是允诺远行的。

2

有好长一段时间，思绪是呈现散射状的，似乎正在刻意逃离某个小小的核心。似乎不太习惯将能量集中在某一个点（可能是头部），光凭那个点激射出的能量光束，就能够完成比散射状态多好几倍的工作量。决定使用手写的方式，似乎将集中能量的方式找回来了，总算可以好好说话，并且将说话的过程（而非话语本身）缓慢而温暖地封存在这个些微干燥的地方。前几天毫无预警地恢复了跑步的习惯，跑完步自然而然地骑单车，像某种优雅的生物滑出兽闸般的大门，也是有迹可循的：我向来不能离开封闭回路般的运作过程，而原因是，我早已化身成一头美丽的豹，朝着深邃的树林直直奔去。（也许要找个时间写篇公路旅行相关的东西了。）

3

写到这里，我意识到自己事实上一直深爱着旅行。旅行是我生命中完美的封闭回圈，过去、此刻和未来深不可测地互相依恋着。

因此又不得不提起你,亲爱的岳。

大致翻完圣岳2014年在大陆写的日记,可以归纳出一个特征:他在日记中所书写的人物,都必然拥有某种"痛"的特质,虽然圣岳不见得有抓到情感的核心,仅仅用了"无奈"一词定义这种"痛",没有在情感上继续用个人的角度"追"下去,不过他确实就是以这种残忍的善意活了好长一段时间。我现在已经不认为他不了解人了,也许先前他不懂的只有爱情(有人真的懂吗?),但即使他真的碰到核心了,也不会说。并不是说他拒绝了向外传达的方式,而是在他心底,甚至连"说"这个词在各个层面的定义都被抹除了。

走山路，成为山

岳岳不在，我还是去爬山了，并且打算在一个月内爬三次山，不过有时候我宁可说是"走三次路"。

对我而言，能够真正被我认可的"走路"经验大概只关于山吧，以目前的生活来看，我似乎有些难以安于日常，即使日常的观察和知识的累积是重要的。最近身体总是非常规律地告诉自己，得在固定的什么时候到什么地方去，这是最近少数不令我感到那么失望的事情。身体一旦进入了某种状态，就难以轻易斩除一些根源性的、近似饥馑或警醒的渴求感。如果这样的感觉被断除了，时常是自我说服、刻意去遗忘的结果，有点像《复眼人》中达赫对山的感受。不过，人终究还是会适应这种断除（所以得逼自己）。

"步行"并不只是去到某个地方，走进什么里面有时是更重要的事。山的许多地方从来就不隐秘。走在仿佛是悬在某个高处的棱线，下至某个宽阔的鞍部草原，乃至于是溪谷上方的崩塌地，心情上都不会认为自身"隐藏"在山的某处，即便有些时候是处在危险而需要高度专注的状态，仍然会觉得心里有某个空间被打开了。

　　但在山上走久了就会知道，心里的空间被打开，就会有更多的物事住进来，有时自己不小心走进自己内心里面，整个人就会变成一座山。

徘徊不去的时间

昨晚设了清晨四点三十分的闹钟，计划醒来要写 10 月底要寄给岳岳的信，即使只写一两个小时也好。闹钟按照既定时刻如实响起的时候，我意识清晰地醒转过来，但一看到闹钟上的数字就把它按掉了。将近七点再次清醒过来时陷入自责、惶恐以及一点点如释重负的宽慰感，但马上被随之到来的罪恶感刺痛心脏。

来花莲已经三周了，却几乎没有进行任何的书写，即使试图去做，却总是在写到中途时退却，就像是在建筑物中迷路时总会一再遇到的某面墙。自己是个不容易去自剖的人。对自己而言，可能没有什么是比自我被剥夺更严重的事，而这并不是一句"要改变"就可以解决的念头。害怕自我被剥夺常造成一些问题，包括过分地向他人宣示自己、决意叛离所有事物等，也因此我深深痛恨积极行使自我、无视他人感受却毫不在意活着的人，但我想我也永远离不开他们了，这是种自虐而绝望的依附。

米兰·昆德拉在《生命中不能承受之轻》中针对萨宾娜做了一段描述："她离开了一个男人,就因为她想离开他。离开之后,这男人有没有来纠缠她?有没有想要报复?没有。萨宾娜的悲剧不是重,而是轻。压在她身上的不是一个重担,而是不能承受的生命之轻。"我的状态跟不能承受的生命之轻很像,自己似乎时时刻刻颤颤巍巍地站在山巅之上,风中渗着隐隐的不安定感,是不踏实的。自剖对我而言是晕眩的:我一面深深苦恼于隐疾般的不能承受之轻,随之而来的还有另一种力量制止自己,告诉自己苦恼是无意义的,因为自己原先就不应该走到这样的地步,一再去背离自己。于是,我再也没能建立任何一个世界了。

基于上述理由,即使后来起得也还算早,仍然尚未进入写作的情境,况且只要许久没有练习某项事物,要再接触时常会一再抗拒、回避。然而当我们抬起手臂遮住眼睛时,一定不可能不记得沿着手臂抬起动作的弧线视角,导致想避开的事物反而变成最终的印记。最后,我只试图拟了一些要点,列出可能需要参考的书籍及电影。

可能是带着一点倦懒的逃避心态吧,决定先来看王家卫的电影《花样年华》。看完后确定了一件事:自己对于连续动态影像的解读与观察力都是薄弱的,记忆力也差得惊人。我的观察力不够细致，这是未来必须严谨看待的事。

最近养成一天看两集《乌龙派出所》的习惯，今天看的是第386集"奔驰吧！两津式当当电车——怀旧的大次郎号"，由于是特别篇的缘故，有将近五十分钟的长度。我一直觉得两津勘吉就是个普通的"人"，他面对回忆时总是流露出遥远的、超越当下的凝视与微笑，让我想起朋友在部落格文章中曾引用塔可夫斯基《潜行者》的台词："当人开始回忆，他会是善良的。"我甚至相信，那些尚未形成未来回忆的当下，两津勘吉已然深知回忆不可逆的性质，因此他总在与朋友别离时拼命追上朋友，以自己习惯的形式留下足以作为标志的什么（当然，也可能是因为他童年所处的时代缺乏手机与网络，别离是种近乎坚决的举动，不在当下留下标志，就会将标志留在心头）。

如果我活在阿两童年的时代，我会像这次一样选择不去港口送圣岳出境吗？我没办法回答这个问题，但我知道我始终是会在心头留下标志的人。我始终是。

（比较当当电车3000、4000、5000、6000、7000车型，东京地区当当电车的变迁。）

下午坐在床上复习小说《复眼人》与《单车失窃记》，主要是找出一些段落用在给圣岳的信中。坐在床上看书直至入睡成了我喜爱的私密时光。

《单车失窃记》中我找出的段落是："他不会说自己去爬树，而是说'躲'到树上去。当那个时间来找他的时候，当痛苦不知道从哪里来敲门的时候，他就悄悄躲到树上去。你会觉得奇怪，树不是他最痛苦的一段时光的象征吗？他说恰恰好相反。没有树的话，那整个连队，包括他，没有一个人会活下来。""你父亲那天晚上跟他，坐在港口的长凳上，彼此听到了对方的那个徘徊不去的时间。"直到现在，我似乎才真正理解这段话的重点是"徘徊不去的时间"。

"但总有一天，记忆跟想象要被归档的，就像海浪总是要离开。因为不那样做，人就没有办法活下去。"穆班长凭借着记忆活了下来，终究在寻求的过程中死去。

离开一个地方，进入另一个生命

如果是单纯记事的话，我老是不知道该怎么开头，毕竟日后希望能朝向的方向是探险文学（当然，这也是命运驱使的不得不），而探险文学最忌讳流水账，你必须真的带读者到什么地方去。W师的《浮光》里写下这么一段话："拍摄者当然曾在现场，照片呼唤他们的是回忆；而观看者或许曾经到过同样的地方，有过类似的观察经验，或全然没有。但那一刻他借由一张美丽的照片进入雾林、冰原、高山横切风口、梦想裸露飞行的天空、不带氧气筒便能自由潜水的深海。"我在想，好的探险文学一定也能达到这样的效果，成为进入另一个时间和空间的工具。只是文字和影像仍然有着根本上的差异：影像造成视觉上的冲击，力道和文字造成的冲击完全不同；影像作为一个薄薄的平面，似乎直接而残酷地揭示了事物根本的脆弱性，无从躲开。但文字能创造许多让读者去缓过气的空间，这些空间使我想起毕赣所说的"一个人走过废弃的火车洞然后走出来"。由紧邻锐利却又脆弱异常的山壁的公路进入突如其来的隧道之中，仿佛正要离开什么地方，同时进入另一个生命里面。

到现场去

你得到现场去才行。

虽然望着山的时候，山仍然是个巨大、块状的物事，人们无力主动向山索讨对山而言细微的什么，比如说，一个人生命的消长。纵然接受这个事实，只是凭借山寻找一个人生时制造出的痕迹，那痕迹也将覆盖一层层新的灰尘，枯叶不断飘落，诚实地预示痕迹终将消失的必然性。

最终，在我所身处的维度中，当人们再也不能跨出脚步，将体温与重量导入山时，人们的存在形式就会渐渐地被山抹除。

山仅仅是维持自身机制的平衡而已，它不带恶意，但也绝不惋惜。

不过，我一直相信，人们在这世上做的任何动作都不曾消失，动作结束的那一刹那，方才的动作全转换成另一个维度中的事物，并在那个维度中不断重复。人们可以从动作结束那一瞬间的视觉暂留中发现关于另一个维度的存在的线索，不过这也只正好提醒人们，他们什么都看不见。同样的，人们的气味、掌纹和毛发当然也在另一个维度中被留存了下来，当你亲自踏上别人去过的地方时，这些物事会以意想不到的方式渗入心中，把你身处的维度和另一个维度短暂地联结在一起。

不过，这种情况的条件是，你的悲伤再也没有眼泪了。于是人们习得尊崇时间。有那么一些人，他们的生命陷在闪烁的视觉暂留了。生命的轴线愈是破碎，爱的往往愈是最深湛的。

生命轴线的碎片被他们埋在一个非常遥远，但也非常靠近自己的地方。他们日日夜夜努力地除去那些碎片，因为不这样做他们无法活下去，但那些碎片仍不断地刮擦他们，因为碎片同时是他们生命的全部。他们不允许自己的碎片带给别人痛苦，方法就是，将自己掷注于所有非关乎自己的事上，把和他人联系的开关截断。同时，他们也不再允许，不能再承受所爱之人带给他们痛苦，那么深湛的爱只得封得死死的，他们得表现出坚硬的样子才行。可是，选择孤独之后，碎片摩擦的声音也愈来愈幽深，他们听着那召唤般、魔魅般的规律痛楚，总有一天，他们会不顾一切地奔跑，但也只能奔跑而已。

赤子

Y不住山上。

高耸的新褶曲山脉构成岛屿的核心骨干，贯穿岛屿南北，但是大多数人并不住在山上，就像我和Y。Y住在地势平坦的市区，相较于山脉，岛屿平坦的地方实在少得可怜。依照他的说法，我比他幸运，住在他的城市东南方向，离山脉稍微近那么一点点的小镇，但他也说，到了山上之后这些几无差别。对山脉而言，地名、律法和政党没有任何意义。在山上，多数的时候人们只能不抱期待地等待一些事。

Y属于任何地方，也不属于任何地方。如果他去了农村，他锄地时那种像是要一并把汗水锄进去的样子，开铁牛车时身上沾染钢筋混合湿泥土的气味，收割时和开割稻机的师傅胡言瞎扯开查某[1]之类荷尔蒙的浮夸话语，和一个长年从事农业的人毫无差别。如果他去了渔港，他的头发会像浪花一样飘飞，站

---

1. 开查某，闽南语，即嫖娼。

姿就像等待下网的讨海人。如果他去了部落，他会用树林的语气说话，称呼我为"平地人"，野性但深缓地用改过的猎枪射下飞鼠。但相似的频率里头，你却感觉到他身上有种像是离弃什么的气息，以至于他和周遭又是那么相异、疏离。

不知原因为何，Y 的眼睛比一般人还要湿润。他和你说话时，总是没有真正地看着你的眼睛。他总是看着人左下方眼睑的位置，以至于飘着遥远的气息，光线迎面而来，他的眼睛就会形成一面不为任何事物映射什么的镜子。

不要问他原因，因为这样只会造成你们之间长长的沉默。不过，我看见他的第一眼，就知道那些疏远遥远的意象总和就是山脉。他在想山。山对他而言不是"地方"，而是他生命形式的底蕴，也是乡愁。他身体真正的气味，像是山羌的体味、树叶被踩碎的气味和雾的气息。相较于他，我们根本就没有资格被称为懂山的人。

低空飞行的默契

你打从心底厌倦那些，那些打闹的人群、过度人工的声光效果、浮夸的社交语言，在愚民政策之下好像没有什么是真的了，那样的生命除了疯狂竞逐表象，就只剩下不带思考并用资本堆砌的，华美的喧嚣。

你要离开那个如此塑造你的地方，虽然你深知不论它再怎么扭曲你也不因此变了形状，可是你再也不愿为了它浪费自己一丝一毫的生命，若所谓的妥协并不能通往真实，你将无法对自身的损伤坐视不管。

然后你走出去了，虽然你用了最卑劣的方法，你不敢也没有资格将那定名为"善意的谎言"，可是极欲窥探这个世界的念头压过了因为权力和规范建立的信任，或许你是自私的，可这也是你回馈的方式。

跟圣岳在台中火车站会合，直接前往新竹，不免有些紧张，这是跟他告白后第一次见面。见面之后他还是原来的样子，头发长了些，嘴巴一样贱，但你可以从你们的言谈听出在低空飞行的默契，你们之间解开了也建造了一个秘密，然后他说他有点忙，你要自己闯荡。你其实一点也不意外也不怎么难过，情感上希望他多陪你一点，可是你知道没有人可以代替你死去，那么也没有人可以帮你解释夜晚干净的寒风。

你独自跳上一台公交车，驶离便利商店、价格高昂的连锁饮料店，藏进缝隙用宁静告昭城镇种种纷扰的人家，随着公交车愈来愈远，看人群可以轻易割裂彼此，却用种种机灵参差拼成足以勉强前进的整体，不过至少被割裂的、隐藏的会愿意停下脚步，或者揭示认真生活的样子。你用你自己的味道发现吧，毕竟它们是一直存在的，你是有自己的味道的，纵然这样的存在会使你再一次地确认这城镇纷扰的速度有多突兀。带着一些困惑公交车开始上坡，房屋又矮了一些，密度也降低了，寒气蒙着面安静了开始茂密的绿树，你在意识中惊呼："噢，那是竹东。"

慢慢你确认公交车确实愈爬愈高，也将你往愈来愈深的地方藏，你无法确认车外的世界是否有人存在，另一个城镇和房屋可能是证据，也可能什么都不是，车上的学生都是没有共同行程的旅伴，往不同的时空消失，你又惊呼"这是竹东往峨眉的路"，随便用站名确立什么，这站好像叫雨果美国学校吧，车还没停。

峨眉的夕阳好近，可能是因你不需要再担忧天空要延伸到哪去，若你瞪大眼睛直视夕阳豪迈地沿路滴啊滴地滴满小径，那么一天的结束并不是伤痕，不过就是应该微笑看待的必然，到了阿淘哥家，你发现一个好久不见又好熟悉的人。

"嗨，阿达欸！"

"咦？！（努力回想中）啊！（手在空中半举，有些迟疑）嗨！"

其实跟阿达根本只见过一次面（不过只要对这世界摊开自己，次数也不过是表象），一群人的生活会因为这样对彼此扩大开来，现在想想圣岳只跟我在网络上聊几句就让我跟他环岛，阿达敢第一次跟我跟隶威说几句话就让我们搭便车，他们似乎都有种直觉可以看穿对方真不真诚。这种真诚不需要语言，不需要过分诠释什么，我们都会将自己缩到最小，如实让对方进入自己生活的场景，两手一摊说其实就只是这样，开瓶酒再说吧。这么说来我似乎也是个真诚的人，若被这么认可，我便带着感谢活着。

跟他靠杯[1]了"晓明女中"各种荒谬的言词，大家坐成一桌吃几碗炕肉，这人又去拼酒搞到胃痛，刚好这天才能吃稀饭之外的食物，吃完饭后去池塘边吹着冷风聊些政治卦，把酒言欢

---

1. 靠杯，闽南语，即表示不满、吐槽。

之余想起，人群聚的目的可不可以只是为了宁静，不过看着他在外面意气风发，在峨眉变成看小朋友写作业的邻家大哥哥还蛮好笑的。

第一天单独如此。

次日清晨有些冷，你随意往镇上的方向走去，你是没有目的的，因这镇将目的藏起同时展露，身为一个不停移动的人在这里你却不急着离开，又或者应该说你知道你终究需要离开，可是你也知道你一定会回来。

这镇是在丘陵的沉睡中自然而然生成的，生长其中的人们不去打扰丘陵的寂静，各自生活得好远好远，人和人之间却比什么都近。住家的门多是木造的拉门，门上有一格格小窗可以看见屋内的样子，于是你从分隔成一块块的景象中完整地对焦一个卖瓦斯桶的阿伯（听说他有在卖酒欸）、两三个经营小小的早餐店的阿姨，他们的动作轻巧，不特意为这个镇、这座丘陵甚至这个世界散布什么波涛，然而他们用被风吹过的姿势拥抱生活本身，已经坚强得足够守望这个地方，至少我是这么私自相信的。还在习惯这地方的流动，在清晨的小学中学习打太极的老人、清晨的雾气，你忘了自己正往阿淘哥家走，在路上不停地和居民打招呼，这镇静静地活络起来。

有一个小孩向我迎面跑来，看起来人小鬼大的。

"我要去上学了,你要跟我去吗?"

"走啊!"

殊不知这一走才发现峨眉有太多风景是我没浸润过的,我们两人中间隔了一台脚踏车,又往更深的山里走去,路愈来愈窄,树林离我们愈近,听小朋友不断指挥方向:"记得啊,等一下看到这座房子要左转,是左转喔。"踩到一摊黄泥……(按:原作止笔于此。)

旅伴

突然想到今天火车上有人问我:"你都不会跟其他人出去吗?"我直觉是说我跟其他人都不熟,再想想才觉得,其实是因为朋友是一回事,但能一起移动的人是一种可遇不可求的境地。

放假我完全无法接受停留在城市,尤其是盆地里的高楼,除非要见真的很重要的人我才能忍耐。生活里边会无可避免地将自己放得过于膨胀,而有些人在旅行中放不下这种自我,不停向你喋喋不休地过分诠释一些其实只有安静能证成的壮阔,让你觉得毫无空间。自我应该是一道微小而复杂的锁,必须熟习每个缺口和倾斜的角度,才能以旅行中的风温柔地开启自己。有些人惊喜于新的事物,却因为对自己不够温柔而无法让旅行这件事跟自己嵌合,似乎什么变得凌乱,有挣扎的痕迹。我可以理解,可是总还是惧怕那种逼得我心慌的感觉。

还是想办法假日立刻当个孤独的人好了。要不然找一个并不会跟你说太多话的人,偶尔随意破碎地聊着生活,或者下一个旅行。多数时间对面车窗上坐在你旁边的他正在专心地看风景,而夜晚的市镇和灯火涂成线条,不断地快速穿过他的头颅,一切如此透明,但清晰、坚定。这趟行程你应该可以稍稍了解时间一点了吧。

…………

旅伴的可贵之处在于,以沉默和背影为彼此证成这巨大的世界。

气味

"你的身上有香香的肉味。"在狭小的帐篷里,他这样和我说。

"呃……所以你的意思是我闻起来很好吃吗?"天啊,这段对话也太诡异了吧,我脑中开始显现什么烤乳猪之类的画面。

他脸上露出一副不知道该如何回答的表情,不过我注意到这是他难得少数几次对关于我的任何事物提出形容。然而当他这么做时,我生命中被摔碎的什么就会短暂地浮现,像一种提点似的。他似乎蒙蒙眬眬地看见它们,得知它们在我体内的分布,以及和他的距离和相对位置。

我想起来了,关于自身气味的记忆,像一个很久没见的朋友突然写信过来那样飘落。那确实是肉的气味,生肉的气味,那种被迫蜷缩的灵魂交叠的气味。我想起之前有一次他打电话跟我说,明明距离上次见面已经一个星期了,可是我的气味仍残存在他房间久久无法散去。就算只是一个细微的动作,空间和人体的气味都是会互相沾染的,只要空间和生物存在,气味便会无尽地繁衍、传播。

　　我的身体沾染太多悲伤的气味。我不记得上一段感情是如何碎的，但我记得我一次次地赶到车站搭傍晚的火车北上，最后总是被残酷地丢在城市灰暗的街道，弥漫着赶赴和失去目的的、大脑散发的彻底绝望的气息。在绝望中，我的灵魂总是被迫蜷缩在角落——那个男人给了我车票，然后在我抵站时消失。灵魂的脆弱性给了我最卑微的力量，足够证明我的尊严比棉絮还要轻薄。

　　这就是为什么之后我会如此惧怕"旅行"这两个字的原因，这两个字只剩下赶赴和被丢弃的意义而已。我尤其憎厌搭乘火车，车厢仿佛是拉长的噩梦，车尾代表对赶赴的索讨和自溺，第一节车厢则是终极的空无。在列车出隧道之际，一切将扩散成太过明亮的光晕，令我眼盲、令我号哭。

　　每次北上临走前我一定会去看镜子。我总是背着深蓝色的旅行背包，双手各提一只袋子，装满书籍、衣物、睡袋。北部的物价实在太贵了，所以带了两天份的简易食物。有许多东西其实是不必要的，但我永远都觉得自己准备不够。镜子中的我像是一只怪诞的大企鹅，一转身似乎就会跌倒。日后就算只是空着手去买东西，也会觉得自己一直提着很重的行李。

　　我从来就没有和他提过那个男人，我只是和喜爱旅行的他说，没有你我无法旅行。真的无法。不只是因为我还没有能力把生活过好，而是我还没有把悲伤的残像剥开，你要原谅我。

他说，他懂，然后定定地望着前方，视线凝聚在一个小点。这一刻我才发现好久没有意识到他的气味了，我忽略了好一段时日的，他的气味霎时浓烈了起来。那是一种悲伤被稀释过的气味，像是土壤淋过雨又慢慢变得干涸的气味。

火、山与云雾的语言

故事若要开始,就不得不提到 H 这个人。

十五岁,两头山猪。这是 H 的开场白。那时候我高二,朋友 U 要我陪他去新竹尖石乡锦路 H 的家,说是要打猎。对一个在平地生活许久的人来说,去打猎跟去月球的意思没什么太大差别,但我也不是那种会大惊小怪的人,就跟了这个行程。

H 家在通往养老部落道路三点五千米处,沿着往泰岗的大上坡不断上行就可抵达。H 是泰雅人,U 的同级。但我听到 H 的开场白时,那已经是离他非常遥远的过去。

一直以来,我为自己定义的身份是书写者。我喜爱文字创作,与其说是创作,不如说创造较为适切。我创造的原因,是人总是不断被包裹在未知的情境中,抗争是必然的反应。抗争来自于人对"被排除在外"的恐惧,强烈渴求成为角色,遂构成另一种情境,在这同时却忽略了情境本身才是抗争的潜在主体。书写者的任务就是,创造一个容许一切存在的情境,延展、变造真实,借由轴线的交错使抗争得到"另类的出口"。

一切都从退伍前两个礼拜 H 跟我说起在布奴加里山打猎的事情开始,让我对因为逾假给中队长禁到底的他的印象有所改观。后来的休息时间他总会来跟我说他在山上的一切,只是这一切在 H 初中毕业后"戛然而止"。他和大多数的年轻人一样,去了平地,只是选了不一样的路,从竹东混到湖口工业区,在酒店做"少爷",开始漂泊的青春。从秀峦最厉害的青年猎人(十五岁,两头山猪)变成城市里迷路的人,用小精灵打火机燃烧 K 或安。

幸好山还在那里等他回去,不必像其他弟兄一样到印尼做诈骗,亡命天涯,只要守着祖先的土地。

这是山退伍后为 H 写下的日志。
后来我们三个人变成了一起上山的好友,或许试着去了解山,也就能多了解 H 一些。H 不断说着浮夸的话语,心中对生命的不确定感、孤独的排拒,以及对逝去岁月的悼念同时如同溪水自然而然地流露出来。仿佛永恒之光照耀在勇士的肩膀上,迎接那光的时候,生命的哀伤性质显现如是。

与 H 相处的时光里,印象最深刻的不是打猎,而是生火。

生火对泰雅人而言是仪式中不可或缺的一部分。祖父过世之后，H与父亲坐在火前一起喝酒，酒进入喉咙那瞬间，他们相互对看，同时流下泪来。他们生火，火里有用玻璃碎片黏合的眼睛，如果持续、缓慢地凝视火苗，泪水的热度凝结，无以名状的岁月暂时平息。

他们的生命中，一定有什么不可或缺的东西消失了。

贫乏的生命是不会为逝去的产生哀悼机制的。身为现代泰雅人，老者与祖先的荣光尚未全然成为传说，但物质社会却又以令人迷惑的速度膨胀，血液中纯粹、勇猛的性质无法挥发，却又要承受现代性的无家可归（此处借用黄汤姆《文学理论倒读》）。

面对他们的生命，我在此承认我是个贫乏的平地人。我不以满腔热血的虚妄口吻诉说，我试图学习他们的语言，了解他们文化的种种能为他们带来"改变"。我只不过想埋头持续制造情境，使像H那样的人生命中遗落的岁月，能够被山及云雾般的语言接续下去。

但愿H能过得好。我但愿如此。

死者默默等待的想象

1

H拿出一瓶事先准备好的高粱酒,有点尴尬地问我们:"可不可以先跟我的祖先讲讲话?"

我跟山当然说好。H示意我们蹲下来,但还是时不时紧张地频频抬头:"你们不要笑我,真的不可以笑喔。"经过我们再三保证绝对不会取笑他,他才放心地闭上眼睛。

我听见一种同时具有树木与云雾的性质的声音。怎么会有一种语言能够如此安稳,却又如此轻盈?只有这样的声音,才有办法穿越整座森林,到山的另一头去。

H旋开高粱酒的瓶盖。防盗环断裂的同时,我的心里头似乎有什么跟着被扭断了,气氛顿时放松下来。H将酒洒在土壤上,要我们各自喝一小口高粱酒,这样祖先就能够认识我们,围绕在我们身边。

也许声音并不只是到山的另一头去,它同时召唤了死者;

战胜距离，也战胜了此刻。

而死者将以什么样的形式与我们相伴？

2

森丑之助在《鹿场大山探险谈》中提到几条重要的攀登大霸尖山的路线，其中"从北部深坑厅或桃园厅方向入山，通过大嵙崁溪（大汉溪）中游的'大嵙山后山蕃'地界"这条路线，现在被称作大霸北棱线。大霸北棱以现在的地名及地理观念解释，是一条由大溪起始，沿大汉溪至三光，向西南行经李栋山、秀峦，沿基那吉山、马洋山棱线直登大霸尖山的路线。

为了能跟 H 一起走这条路线，我们自然不可能从大溪出发。我跟凵先抵达 H 在锦路的家，再一起前往镇西堡（Cinsbu）部落的登山口。由镇西堡部落起始的话，就可以在较短的时间内接上马洋山的棱线。

镇西堡登大霸北棱的路线有一小段会和欣赏镇西堡神木群的健行步道重叠。我稍微观察了一下，发现以红桧及台湾扁柏为主的神木分为 A、B 区，其中有四株特别巨大的红桧是有被正式命名的，名字分别为亚当、夏娃、国王、五福。

我想起理查德·普雷斯顿（Richard Preston）关于红杉林的著作《爬野树的人》。这本著作里头提到一个对于寻找"世界上最高的红杉"这件事异常执拗的人物迈克尔·泰勒（Michael Taylor）。普雷斯顿形容迈克尔："房间墙上贴满美丽的红杉照片，地板上有个纸箱，用来装些奇怪的仪器，主要是用塑胶、绳线、防水密封胶带和夹板制成的……此外还有成堆的北海岸地图、红杉山谷地的鸟瞰照片，以及关于高大树木的科学文章影本。"迈克尔凭借着不可思议的执念，硬是穿越密不可通的林下灌木丛，寻找可能成为世界上最高红杉的树基。每寻找到一株超过一百零六米的红杉，迈克尔就给它起一个名字。普雷斯顿为这样的行为做出了解释："探勘者有权也有特权为事物命名。"

书中记录了迈克尔以为自己发现了世界上最高之树，实际上却是梦境的情景："他不断反复做着这个梦，在这个一再出现的梦中寻找'绝顶树'……他想，自己生错了时代……他能找到的，充其量只是失落世界里的少数残余部分。"我并不清楚镇西堡那四株红桧被命名的过程，也不太理解那些名字对于前来观赏桧木群的游客造成何种情感上的变化，但我以为所有的命名者都应该向人们展示"失落世界里的少数残余部分"，以此揭示仍然在默默等待想象的另一个部分。

据说西方文献首次提及大霸尖山,是因为一段与命名相关的故事:1867年,英国军舰西尔维亚号(HMS Sylvia)航经东海岸,发现台湾岛北方似乎有一座异常高耸的山峰。船长拿起望远镜,用目视的方式测定那座山峰的高度,还特别将军舰所在的经纬度记录下来。他们赋予这座山和军舰相同的名字,并相信这是台湾岛北部最高峰。

对山的名字有点理解的人,都会知道现在被称作西尔维亚山(Mt. Sylvia)的并不是大霸尖山,而是雪山主峰。不过古道踏查专家杨南郡在译著森丑之助《生蕃行脚》一书时,却提出他的看法:杨南郡认为,从花莲至宜兰外海所能远望到的很可能并不是雪山,而是大霸尖山;雪山与东海岸之间有南湖大山、中央尖山阻挡了西尔维亚号的视线,原则上是不可能被看见的。

我想借用约翰·伯格(John Berger)《留住一切亲爱的:生存·反抗·欲望与爱的限时信》里头的一段话:"'place'这个词,既是动词,也是名词。那是一种安排的能力,是认识某个场所并为其命名的能力。究其源头,这两种能力与人类尊敬死者、保卫死者的需求是不可分隔的,不是吗?"

我时常在登顶时急于认识远处的山头,非要一一找出那些山头的名字不可,有时也会认识一些熟悉山头的名字的人,但当那些人为我指出山的名字时,我却更着迷于他们的眼睛。世界被蓝天笼罩着，阳光在山顶的裸岩上制造出一条狭长的痕迹，男孩湿润的眼睛显露出同样的光芒。我想亲吻他，但突然不太愿意找出他眼中那些山的名字了。

3

离开神木群之后，有一段走起来相当吃力、垂直高度大约五百米的陡上坡。爬陡坡的时候，总觉得自己的身体是部老旧的机器，几乎可以感觉到心脏吃力运转的巨大声响，身体也正在不断地冒着黑烟。但在此同时，意识却像是从身体独立出来似的，异常地清明。这种清明其实是高度专注下的产物，因此你会拼命地想着平常不太会想起的事物，比如说一首歌。美国民谣摇滚音乐二重唱组合"西蒙和加芬克尔（Simon and Garfunkel）"1970年的专辑《忧愁河上的桥》（*Bridge over Troubled Water*）中，其中一首《拳击手》"The Boxer"描述了向自己"道别"的过程。事实上《拳击手》并不只有"西蒙和加芬克尔"的版本，但其他的版本倾向于强调某种流浪、沧桑的意味。"西蒙和加芬克尔"版本的编曲看似是最和谐的，听着听着有时却会产生矛盾的感觉，像是在听关于某条河流的叙述，却也像是听见了一场战争似的。

When I left my home and my family（我离家时）

I was no more than a boy（只不过是一个男孩）

我抬头望着走在前面的二人，H只背了一个改装成后背包的菜篮袋，里面放一瓶高粱酒、一件厚大衣、一只全鸡，目前暂时把他的猎枪当作登山杖使用，我跟凵帮H背一些必要的食物。他们两个都是曾经离开家的时间不算短的人，虽然跟凵认识很久了，跟H也不算不熟悉，但我却从来没有问过他们离家的感觉是什么，在这过程中心情发生了什么变化。

"西蒙和加芬克尔"版本的《拳击手》吸引人的地方在于，你听了会觉得离家的男主角真的曾经"砍了自己一刀"。他诉说过去的口吻就像在说另一个人的故事……不，他一直站在某座广场，握拳与自己对峙。

In the clearing stands a boxer（空地上站着一个拳击手）

And a fighter by his trade（一个以此生存的斗士）

And he carries the remainders（他背负那些教训）

Of every glove that laid him down（每个拳套将他击倒）

Or cut him till he cried out（或割伤，直到他大声呼喊）

In his anger and his shame（在愤怒与羞愧之中）

"I am leaving, I am leaving"（"我要走了，我要走了"）

But the fighter still remains（但这个斗士仍留了下来）

我们终于离开陡上坡，接上那天所经历的第一条棱线。走到稍微开阔一些的路段时，突然听见一种炮火的声音。该怎么形容那声音的距离感呢？那个声音好像不小心在你脑袋里碎裂了，碎片却落在广阔的田野中央。

我站直身体，望向刚刚才走过的路，不，我也不是很确定自己究竟注视着哪个定点，视线像穿透一片玻璃般穿透了空气，终于对上远处一个已经凝视我许久的眼神。那种眼神和《留住一切亲爱的：生存·反抗·欲望与爱的限时信》里描述的眼神有些类似："那眼神里，有着对于当下此刻的莫大关注。冷静而充满思虑，仿佛她相信，此刻就是最后一瞬。"

我意识到自己正在"道别"，道别的对象不是某个过去，也绝非未来。我必须跨越这个瞬间。这个念头或许正在引领我发现什么，也帮助我抵抗什么。

I am older than I once was（我比过去年老）

And younger than I'll be（也比未来年轻）

And that's not unusual（那没什么特别）

No, it isn't strange（不，这不奇怪）

After changes upon changes（历经不断的变动）

We are more or less the same（我们大抵一样）

4

当火势大到已经开始噼啪作响的时候，H开始不安了起来。他蹲在营地附近，双手置于耳后。他愈是不安，愈是专注地聆听，眉头深深地纠结在一起，露出介于忧愁与苦恼间的表情。

他告诉我们，他听见了来自很远很远的地方的飞鼠叫声，细小的声音不断不断地钻进耳壳。他必须拿着猎枪，走进比黑夜更为深沉的森林里，去验证某些声音的存在。他一度坚持不睡帐篷，就睡在火堆旁边，时不时本能性地醒转。每射中一只猎物，耳朵里的声音就会稍稍减少一些；但多数时候，他仍然无法阻止接收声音带来的讯息。

在马洋池附近的营地扎营的那天，H说水鹿很有可能在水池边出没。又到了营火噼啪作响的时刻，他开始听，一直听，一直听，眉头愈锁愈紧，整个人看起来都快碎裂了，但还是没有听见任何声音，连一点都没有。H就提议先小睡一下，半夜直接去池边埋伏。

大约半夜一两点，H突然惊醒，拿了猎枪快步往池边的方向移动，凵跟我也迅速追了出去，但到了池边，却连一只水鹿都没看到。我们躲在箭竹丛后方，用全身的感官注意水池边的动静。

等了大约一小时（至少我认为是一小时），可能是持续待在同一个地点的缘故，我不小心睡着了。此刻的我们正在静默地等待一场可能的死亡发生，即使最终死亡并没有真正到来，我仍然目睹并且参与了想象死亡的过程。如果水鹿真的出现了，势必有另一种静默发生，打破原先的静默。

斯泰凡·奥德吉（Stéphane Audeguy）的小说《云的理论》有一段极有力量的、关于另一种静默的描述："母猩猩专注、肃穆地看着阿贝克隆比……它看着阿贝克隆比，阿贝克隆比也看着它，不过他很快就不再和它对看，因为它那不叫眼神，而是一种看着你却从你穿过去的目光，是一只猩猩看另一只猩猩的目光。在这只从没看过人类的红毛猩猩目光中，完全不带野性。"

但死亡随后立即相伴而来："第二颗子弹射入了红毛猩猩张开的嘴巴，子弹的冲力让它把头往前一甩……"奥德吉形容："一切都在无声无息中进行。受惊的小猩猩，因为妈妈死了而大吼大叫起来，成千成百、隐匿在丛林里不辨其形的动物也以嘶声叫吼回应了小猩猩。"

一只水鹿都没有出现,死亡果真没有发生。H承认他听错了。他所听到的可能并不是水鹿的叫声,也有可能是距离我们非常遥远的水鹿的声音。但H会听错这件事实在很不可思议,或许我们可以这么说:H所听见的,是某种已然消逝的生物的声音,在我们等待之前,悄悄离开我们的等待。

5

终于看见大霸尖山了,但其实我们最后并没有真的走到它的面前,我们只到了库基草原,甚至连中霸坪都还没到。

我们由库基草原的视角仰望这座被泰雅人称为"Papak Waqa"("巨大的耳朵"之意)的巨大山块,那天的云层显得非常厚重,把霸顶完全遮住,只看得到几乎垂直的崖壁。

我们非常有默契地决定直接折返,不再往中霸坪方向续行,因为已经无法看见完整的大霸。但当时不知道为什么,走到库基草原时就觉得已经"完成了",并没有因为没有走到大霸尖山那里感到遗憾。我们彼此之间围绕着一种氛围:"应该把山留在那里。"

当然人是不可能"把山留在那里"的,因为山"本来就在那里"。人如果望向渴望到达的地方、只差一步就可以抵达的所在、来时的路径，离开时都会隐隐约约觉得自己"把某地留在某处"。但事实上是我们走远了，把炮火的声音留在那里。

我想起森丑之助，他同样也没有成功抵达大霸尖山。

森丑之助于1907年从苗栗厅大湖出发，溯行大湖溪，经洗水大山登上鹿场大山，原本想要继续沿着鹿场连岭纵走登上大霸尖山，却因为"蕃情不稳"而打消了这个念头，于途中折返，沿着汶水溪下山。森氏拿着望远镜，从鹿场大山山顶远观大霸尖山，推测大霸尖山大约"九千至一万尺上下"。

由于观测角度的问题，森氏形容"西尔维亚山（此处指雪山主峰）隔着一道溪谷（次高溪），屹立于大霸尖山的西南方"。在当时，森丑之助以为"雪霸"是中央山脉的一部分，不过是中央山脉向西北弯出的余脉。他并不了解，兰阳溪和大甲溪上游已经把雪山山脉和中央山脉隔开，而雪山和大霸尖山之间的棱脉就是雪山山脉的主脉。

即使森丑之助的记录中有许多以现在的地理观念看来相当荒谬的错误，却不减损这份记录透出的魅力。这样的魅力并不只是来自于森丑之助向我们展示他所见的森林、溪流及互相连接的山棱。我想起伊塔洛·卡尔维诺在《看不见的城市》里有这么一段叙述："你感到欢愉，并非由于城市的七大奇观，或七十个奇观,而是在于它回答了你的问题。"虽然卡尔维诺描述的对象是城市,我却觉得这句话精确地表达了我阅读森丑之助的高山踏查记录时,在心底隐隐浮动的感受。

不晓得他是不是也从鹿场大山眺望当时尚无人能抵达、攀登的,被泰雅人称作"Papak Waqa"的圣山?

我们是真的留下了炮火的声音:我们对着天空开了一枪,幸运的话,声音应该传不到下面,如果真的传到下面,听起来应该就会像第一天我在棱线上听到的炮火声。

乡愁

凵：

这是一条阳光曚昽的林荫道路，南部气息的。小镇以农业为主，水田反射恰到好处的光芒，形成断断续续的表面，当然，你知道那永远不会成为镜子，要是那会，或许你看待世界的方式就会全然改变。

他站在道路上看着你，像多数人一样，你从没看过自己工作的样子。你隐约地感觉到自己正在为什么负责，但没有撕心裂肺的感受。锄头击中湿润带腐味的泥土时，有东西确实被留在那里面了，只是当下你并不会知道。你不会知道的。

于是你从未去想过镜子的事。

他从来不曾离开那条道路，或者说他早就离开了，有一天，你听到他说：我是一个旅人。你没看见他，但不晓得为什么你知道，而同时你也知道，这非常重要。

自此你每锄一次地，锄进里面的什么就仿佛瞬间通往朦胧的哪里，和他交换一些彼此早就共有的东西，如同水分渗入根系里的果决声音。你们分享难耐的情欲，描述乡愁的样貌。旅人习惯嗅闻事物的气味，树皮、岩壁以及女性的身体，新的地方有崭新的这样的气味，仿佛如此，归乡的失望就能够被忘却。

农人与旅人，看似是光谱两端毫不相关的角色，但他们看待乡愁的方式却是极为相似的。旅人的乡愁来自崭新事物的断裂情感，农人的乡愁则来自事物运作时的均匀声响，他们共同的归乡意象是一片平整、荒芜、光晕强烈的所在。乡愁并不是痛苦，也不是希冀，甚至不能被称为一种情绪。只是，农人和旅人的乡愁都太过完美：他们不断让光线进入自己的身体，转为炽烈，进而变得刺眼，有形的事物最终变得无形。

"你非常快乐。"有天他终于走到你面前，你暂时停止锄地，自然而然地这么说。

他和你有相同的长相。

"你不得不在这里，但其实我也是。你要说我早就离开，或者从未离开，都无所谓，但我不曾停止和你对话。"他和你看起来几无差别，真要说有什么不同，大概就是他的身体看起来轻盈了些。

"可是，我觉得自己随时正在变成你。有时身体就像快要飞起来似的，向他乡的气息而去。"这时，一阵风吹了过来，带来空气中所有事物的气味。

"你守着这块小小的土地,现在吹到这阵风,感到些微迷惘,于是想起远方。"他猛力地点头,理解似的。

"其实平常我们是无法理解乡愁的,一切都是突如其来的气味的问题。"

告别竹东与一路向南

从今天开始，我将在台南市的能盛兴工厂担任小帮手至 7 月 1 日，主要是希望能够规律地过一段日子，虽然规律的日子和场所不必然拥有关联，但或许自己生命现阶段总是需要一处能允许自己听见声音的场所，无论声音是来自外部或者内部。我所要的并不是喘息，而是希望至少能够像喜欢的作家所说，身体里面的声音消失，就要试着成为蜜蜂。我现在可能还没有成为蜜蜂的耐性，但至少找一个地方试试，至少试试吧。

昨天和 凵 一起拆除被台风毁坏的鸭寮时，他告诉我，名师高徒的合约一到期他就要辞职，然后去海外骑车一年。纵使可预见的暂时分离带给我巨大的空虚和痛苦，我仍然告诉他，你一定要辞，也一定要出去，不要再待在你现在待的地方。他在那里实在太忙了，过于沉重的劳动使他深深地潜入海底，几乎听不见任何声音，可是他一直是个内在声音非常丰富的人。他身体里的声音宛如禽鸟高亢地鸣啭、雨水渗入泥土，以及巨石滚落的总和，于是当他失去听觉之后，身体里的声音却仍然像满是棱角的碎砾摩擦着胸口。而他并不像某些农人将精力的剩余转为情欲上的发泄，他只能不断掏空自己，直到自己成为即将被冲垮的桥梁。

我没说出来的是，纵使你已经二十岁了，你仍然不会是个男人。至少现在你应该做的是成为赤子，试着让内在的每种声音都要像石磨，甚至是暴雨。你必须去理解人，理解血脉偾张的欲望、炙热的痛楚、些微着火的阴暗角落，最终它们将化为由地表涌出的泪水，而你仍然会骑着你的单车，宽大的公路不断向后方收缩，而意识向前。

基于一些私人原因，我大概不太会出现在三重埔了。在三重埔的最后两天，另一个高一就认识的朋友碰巧来访，使我对三重埔最后的记忆都是片段式的，大概是因为朋友的文字，甚至是眼神本身的既视感都是鲜明的，就像茨威格笔下的老人，视线优雅地停留在一片整齐的田野，仔细一看才发现只是田野一小角的地方。

你看见前方的浪了吗

今天可以说是在能盛兴的日子最扎实的一天了吧。在一天结束之际，如果产生像是刚从深厚的水底浮出、头顶接触到古老的阳光的感受，就能肯定那天是扎实的。无奈自己还不够沉稳的缘故，并不是每天都能有这样的感受。况且，如果扎实感是来自外部的事物（比如说运动、劳动），纵使身体感是足够的，但是如何在书写时照顾好一方地，以文字存留、延续扎实感又是另一个课题了（当然这是我个人不足的地方啦，呜呜）。

对于扎实感的记忆，多半是在写长信给情人或友人的时候。完成之际，在信的末尾签上名字，深缓地吐了一口气，像是把对这些人的记忆都交付出来似的。如果是书写之外的扎实感，就比较可能是晨跑完、练完单车，回到家或离开工厂前的最后一盏红灯。停下脚步之后，风总是以垂直变成平行的形式掠过身体。对于扎实感印象最深刻的其实是升高二那年暑假，我跟梁圣岳根本还不熟，第一次到阿灯工厂，早上帮忙完诡异的插秧活动，由于自己当时对农事全无概念，下午就被梁圣岳

"骗"去割地瓜藤。

那个时候根本连镰刀都不会用吧，几乎把镰刀当成锯子在用，但我竟然还是以这种荒谬的错误方式进入劳动状态，不过由于方法完全错误，以致一般人割三百根的时间，我只能割八十根，但是那天阿灯说要割三百根才能休息。说来惭愧，第八十根的时候我真的疯掉了，但是救星来了！石头突然出没，比我还废地只拿了二十根。我就（更废更废地）跟他商量："欸石头，我用八十根，跟你的二十根凑一百，绑一绑丢过去（一百根绑成一捆，一个人要丢三捆才及格，自由心证），假装我们已经达标了好ㄇ[1]？（没办法大家都走了啊总不能割到半夜吧）"他就用一种非常空灵的声音，傻笑说："嗯。"于是……

回到工厂时，只剩我跟石头和梁圣岳环岛裸骑三人组。我们听着五条人的歌，傻傻地盯着塑胶桌面的一个小点，黑暗融成的、嗡嗡作响的果冻状残像闪烁不止。值得一提的是，我看着不发一语的圣岳，他的瞳孔占据了整只眼睛。在那甲虫般的纯粹眼神中，有玻璃弹珠似的哀伤，那是当时我从未见过的眼神。那天回到家之后，嗡嗡作响的声音还是挥之不去，觉得闷热的我喝了整整两升的家庭号牛奶，抬头一看，全世界数量那

---

1. ㄇ，注音符号，汉语拼音为 m，代指汉字"吗"部分发音。

么多的白蚁翅膀反射紫色的暗夜光辉，相接成带状的、啪嚓啪嚓鼓动着的银河。我的胸腔仿佛也变得那么轻薄、半透明且镶嵌着精细的纹路，属于紫色夜晚的那部分早已崩塌，记忆开始长出坚实的外壳，甫经劳动的身体分泌出像是月球和石块混合在一起的气味。

今天早上五点半起床，以固定速度跑了三千米，洗了衣服，将《挪威的森林》看完；下午去海边稍微净滩，替南瓜、地瓜、九层塔浇水，拔除刺人的杂草；晚上整理一些字句，稍微思考。此刻另一座工厂里，有人和我说："在生命的某些时刻，我们的前方会出现浪，激发我们与之对视的意志，你看见前方的浪了吗？"而我想告诉他，对我而言，那还不是浪，它仍然是一堵墙，我有时只能在上面写字。

夏天的少年

夏天的少年，好像已经是个离我太遥远的昨天。

已习于积雪很久很久的冬天，在冬天中偶尔回想夏天的样子总难免覆上一层霜雪，像雾霾搔着鼻子，像雪盲亮得可以模仿夏天的阳光，却洁白又粗暴地提醒，热情已经流失许久。

日子这样下去，挥别大家之后日子这样下去。

火车拉长了，成为山洞鲜红的舌，一路将我们延伸至岛屿各个城市，有人早上乘车，有人下午。霜雪厚实壮大了我们，可是也僵硬嘴角的微笑，至少不像夏天时的。我们各自和不同的人周旋，隔着厚重的冬衣，共同抵抗沉郁。那个带领大家骑乘的男孩留在家乡，那一群人中只有他留了下来。我偶尔搭着火车去找他，是可以为他踩熄那精准却比什么都脏乱的生活，让夏天重新扩大开来的吧，我天真地这么想。然而"最初"是无可回逆的，再活几个夏天也不会是那个夏天，那个夏天山的棱线也许在今年毁坏，他也已经不是高中生，不是那当初带着傲气休学去壮游的神人。他开始去承担这社会的现实和人群泌出的丑恶，脸上阴影深了，说话的语调起伏没那么大了，又或者是我已经熟悉他的轮廓，不再有好奇心了。

我好想摸着他的脸，说："你还记得那时的我长什么样子吗？"他肯定不记得的。

然后我听见了那首歌，为了那个夏天环岛旅行所写成的歌。

把脸书（Facebook）打开发现有人把歌词和弹唱的影片贴上去了，原来大家也都在冬天时回望那个夏天啊，只是我更加确信，我们是无法归返的。

这时，我感觉自己被撑起。浮在宝蓝色海面的波光闪动着，随水面轻微地伏落时我侧身暗沉，撑起时尖锐着崭露锋芒，我并不是像从前吃力地回望，而像东台湾的断层海岸那样被海面撑起，成为超出海面的存在，成为被割裂的、属于自我意义的孤独。冬日在脸上、身上累积的泥沙，鞭痕似的裂口，混合霜雪风化的碎片将悄然移至脚底细细铺陈持续撑起我们，要我们眺望自己的双眼，依旧广袤、依旧澄澈，消化着纯真。

也是时候可以聚了。

凵的房间

凵死了，一通电话，我要去收拾他的一辈子。

"东西能拿的通通拿走，无要紧。"他父亲在电话里这么说，一阵沉默，又讲，"连死在哪里都不知道。"

为什么联络我呢？他知道我是唯一收拾过凵人生的人吗？而他又知道从我转头偏离视线的那一刻，已经没有任何理由再收拾下去？

还爬黑山呀，死小孩。我忍不住想。

一模一样的房间，在我面前呈现。如果看一个人从小到大使用的房间，多少能看出他一生的诸多转变，丢弃过的、尘封的、新置的；因搬移在灰尘里留下的突兀痕迹，透过落地窗的阳光照在新旧不同的物件上，形成扭曲、迷人的阴影。（但之所以说一模一样，是因为离开许久，又突然置身在这并未停滞成长的房间，才在终日游移的灰尘中，发现他不曾改变，仿佛作为一种抵抗的行为模式。）

灰尘真的蛮多的,他不爱打扫,对物件的兴趣高过空间本身。他不那么喜欢海,海面上能辨认的物件太少,我听了不服气说,你可以潜水呀。可是我不习惯有个平面在我之上,他摸了一下头发,仿佛有无形的什么压在那里。

单车内胎、钥匙、高山瓦斯、干粮、随意扔置的衣服、纸箱构成紊乱物件的筋络,在覆盖其上的纸张及书籍中隐隐透现。日期与起讫站间箭头闪闪发亮的火车票堆成一座小山,一碰就山崩。初中的读书心得、退伍令和高中课本堆在一起。房间为数最多的是地图,地图指涉了其他物件的存在,通往任何地方变得可能。事实上,他如此实践着。

我不知道要怎么面对这个房间,悲伤、缅怀或者其他情绪好像都不对,此刻我感到非常疲倦,便坐了下来,闭上眼睛。

喜剧的悲哀性质

我悲伤跌至谷底时身体竟感到一种如同暗夜湛蓝色原野的奇异平静。我为再也不能和他相见感到悲伤,却在最后一刻站稳了身体。

灵魂是高山上的轻薄羽翼,我必须经过事物本质流动的洗礼才能去面对文学。

《人间失格》中的叶藏是以非常高的道德准则审视人类的。那是一种来自远古,具有神性、参透意味的道德。而遗憾的是,他深知自己无法抵达这种道德,他太诚实了,于是他拒绝创造,因为这些看似是离那些道德近了一些,实则却是虚伪的叛离。他必须深深地看进世间,一刻也不能转开眼睛。他"失格"的时刻在于,那么巨大的"道德"竟然沦为个人能够轻易玩弄的粗制品,信赖也能被玷污,于是他开始厚颜无耻地活着,形同对他过往所恐惧的人类的拙劣模仿。他是荒淫、纯粹的悲剧,也是喜剧,在粪溺和酒精的气味中沉沉死亡。

或许，能够深切地感受到命运的摆渡是幸福的。

父亲说，你的生命就是在浪费力气。

你对"撑起自己"这件事抱持着太天真的自信：你以为"撑起自己"的方式就是否定他人，可是你根本连否定他人的力气都是倚靠好心人给的。你并不是没有力气，而是你一直以为你可以全然掌控事物的进入和离开。天真，有时候是比高傲更可怕的东西，因为天真最后只剩下喜剧的性质。

我觉得自己天真到有喜剧的悲哀性质。

父亲说，你的生命就是在浪费力气。

要是我的生命能够被"高傲"二字形容，或许我可以好过一些，但我不是。我也希望自己能够"撑起自己"，但我对"撑起自己"抱着太天真的幻想，以为自己可以全然不倚靠他人，进而去否定他人的存在。可是其实我的力气都是他人给的，只要一有了微弱的力气，我便用那力气与他人全然断绝。但是我根本还没看清楚他们就要离开，又因为性格的懦弱使然，我只把他们持续给我力气的脐带截断，而没有丢弃他们的影子。于是又有新的世界要给我力气时，我便给他们看那些影子，他们以为我力大无穷，实则一无所获。

浪费。瞎忙。没有被同情的价值。喜剧。

我受尽了"天真"的折磨，却仍天真地相信着，我应该是可以被原谅的，别人应该不会放弃我的吧，结果更加造就了整件事厚颜无耻、不可饶恕的性质。

某天

某天，父亲走了过来，沉痛地宣判："你的生命多数时候都在浪费。"那时候，他化为层层包覆的暗影，无论死去与否，都是同样的扁平。

我浪费的第一样东西是纸。承载意义、浓稠、黏附于白纸上的黑色方块被折在里头，放进牛仔裤口袋，洗衣机将黑色方块搅成淡蓝色的云影，白纸变成些微潮湿、蜷曲、纤维浮出的破碎物。我把口袋掏出来，它们形同不甚优雅的雪花弹射而出，随着时间逐渐干燥、僵硬，像败坏的鸟饲料落在晒衣场的水泥地上。

我不曾记得黑色方块传达的意义是什么，无论如何，很可能极其重要。母亲气急败坏地大跨步走到晒衣场，看见那堆原先是白纸的破碎物，反而变得不知所措，一时呆住了，光是站着。黄昏的阳光倾斜地打上竹竿，浸透了她半边的身体，麻雀在屋顶上跳跃。我觉得这个画面真美，美极了。

至于后续我是如何地被毒打一顿，在这里就不详细说了。

我之后所要叙述的，不过就像是一支钢笔、一根羽毛、一颗小石子之类的故事，甚至到了最后，它们全都消失，或者只留下败坏鸟饲料般的残骸。

浪费，意味着不懂得珍惜。但浪费无关乎于挥霍，浪费是出自对贫乏、虚无的不知所措，借由意义的消解、形式上的崩坏，使生命执意停留在某处。

关于母亲

属于夜晚，那揉捻疲惫、慵懒和睡眠的客厅凝结起来，两人之间隔着一个子宫。

熔岩色的结晶盐灯到底预言什么样的灵魂呢？可否让我住在里面，学习火光激烈地包覆自己，直到厘清是什么让自己像赤裸般寒冷，也有像灼伤那样的伤痕，而流泻桌面时是温柔得出奇了，却是粗暴的一句。

"我不喜欢回家。"

这一句让生养你的女人陷进沙发，子宫那里发着痛，她用手安静地抚摸，空空的心跳声听起来像是手脚和五官和脏器延展着，曾经她母性的作息造化不断和那正在诞生的生命交换一座森林，共享无人知晓的密语。

那时起她就知道她离不开他了，她孕育那生命时已经担负了一个使命，她把她的生命掏空给他，靠在他身上同时抱紧他，随着他的生长而枯竭，嘴角有安详的光。

如今他这样说，狠狠离开她，她余生失去双眼、倚靠，漆黑中重重跌落。

可是他一边走一边哭泣,她问:"你哭什么?"他不能回答她,那答案太过真实,以至于残忍,像对垂死的猎物说话。他知道离开是必要的,不然他不会觉得完整。可是他不停喘气,胸口上坐着她,他懦弱得不敢看她恍惚跌坐那孤独中。他想,为什么这么残忍,强加一个人造物主的影子,却又教她温柔?为什么给予一个人活着的重心,却又教她忍受失去的孤独?

而她心甘情愿地担负。

他又想,愈走愈心虚,每个人出生就注定要带着这样的罪活下去吧,这样的罪无法用任何行动偿还的。他没说的是,他要成为一个更好的人,在这样的罪之下闯着什么。矛盾会绞锁,罪日益深重。可是他拖着愈来愈重的这些持续行走,他若不持续行走他便无法分割出她的样子——那是他唯一称不上是回馈的,情深又痛心的回望,在那像是树根的脚边跪下了,不断祈祷。

爱

我们会去爱,但不知道怎么爱。

看见从前那个不断对你好,好到成为一种侵犯,如今病得双颊凹陷、气色衰败的长者,你感到十分不忍。那不忍不是出于同情,而是观看人类命运时,对不可挽救的事常有的感觉。

你心中闪过"多希望他像以前那样"的念头,可是你知道要那样的话你仍会受不了的。于是你只是静静观看他的命运,虽然眼泪难免会随着命运的声音,不经意流了出来。

发烧者的呓语

前天晚上头开始有点晕,决定去新竹养病。生病不想回家无非是不想得到过分的照顾、大惊小怪的怜惜。我妈会一直摸我的头,说:"可怜的宝贝……"那种时候,她把生命全压在我身上,可是我注定是要离开她的,这点令我感到非常悲伤。与其说是亏欠,倒不如说是不忍看无法离开这一切的她。

说真的,凵很少照顾我,不是不关心我,而是他的照顾不会让我感到深重的负担。跟他在一起一段时间之后,反而比较容易去思考自己跟家人之间的事。在家庭中,好像每个人都是承载太多杂质、边界濒临崩溃的个体,却又不得不相互触碰,导致每个时刻都像是种孤绝的掷注,却总是碰到空洞的墙壁,挫折地弹了回来,属于彼此之间的某部分同时悄悄地留在身体上。

想起昨天偶然来访的、泰雅族的 H 说,祖父过世之后,他和父亲一起喝酒。酒进入喉咙那瞬间,他们相互对看,同时流下泪来。

上过几次山，跟 H 的家人相处过几次。他们总是有说不完的话，以及话语和酒精背后的，无以名状的岁月，你能轻易地从话语背后感受不经意流露的情感。他们生火，火里有用玻璃碎片黏合的眼睛，如果持续、缓慢地凝视火苗，泪水就会胶结，难以流下。

我想我必须思考的应该是"边界"这件事吧。最近才懂得，当那些濒临崩溃的边界相触碰的时候，造成的并不全然是绝望。触碰本身产生的，可以说是近于隐匿的层次才是重要的。纵然面对我的家人，我还是不忍，却已经可以笃信，他们非常勇敢。边界是，可以跨越，却拥有不可跨越性质的温柔形式。一旦跨越，就是两者的相连。那是非常勇敢的、旅人式的诗。

最后谢谢凵跟 H 陪我去马偕看病，虽然我看了之后发誓再也不去大医院了（这是另一个故事），也谢谢他们这两天的陪伴跟照顾。对我来说，凵会一直是一座山，在我把心中的垃圾聚集成发亮的荒原之后，持续与我对话。

你的海上天气好吗

阿莉思反问阿特烈:"今天你的海上天气好吗?"阿特烈如是回答:"非常晴朗。"

他们的眼睛同时流下泪来。

《复眼人》中的角色都是弃绝的主体与客体。他们根本什么也无法舍去,于是主动弃绝自己身上大部分的物事。唯有弃绝,他们才能诚实地成为他们的样子。

或许他们是寂寞的吧。阿莉思在去登山的儿子失踪之后,持续梦见他,半夜以手电筒探照他的房间,挑选他未来可能喜欢的图鉴,和周遭的人谈论他。如同小说中的角色复眼人所说,她儿子只存在于她的书写和生活行动中,在生与死这两端,以某种形式,共生了下来。可是,没有人能直接地和她在同一个维度中共享这种存在形式,而这往往是一个哀伤记忆的承受者直觉性渴盼的。她身边的人为了保护她的脑,不断配合她,仿佛她儿子的存在仍鲜明,且富永恒性,但时间久了人们愈来愈厌倦。哀伤从来就没有出口,先于一切形式,先于书写，却仍在一切形式的范畴里。而阿美族的哈凡，和布农族的达赫都是由许多故事构成，却不去诉说的角色。达赫在城市开计程车时，借由呼吸不去想起，也不去破坏过往在山上的时光，可是他的呼吸里却无不是山的气息；哈凡在自己拥有的店里，不断在心中编织一些从未完整过的物事，然后唱歌。

暴雨将至，一场寂静的暴雨。事实上，没有一种现象是寂静的，不过人们要提起它们时，总不免产生这样的感觉。

小说中巨大的垃圾涡流撞上了台湾。或许有人会说这是自然的反扑，可是自然是没有感情的。自然并不在意人们的欲念，和文明。它进入，但不涉入；离开，而不道别。人们运用科技的力量，将原本穷尽一生都无法抵达的改变成为短瞬间的事，而自然也就会以同样变得短瞬的时间将自己修复成原本的样貌，或者因无可修复而毁灭。这过程有时也不过正好，带走一些生命和痕迹。没有所谓的反扑，就没有所谓的和解。

"我们曾经以为已然弃绝的记忆与物事，终将在海的某处默默聚集成岛，重新随着坚定的浪，搁浅在忧伤的海滩上。"人们是只会记得弃绝的，从来就没有想过，如果有天那些滞留、隐藏在某个时间层的，无意义却具有代表性的什么像海岸那样扩散开来，像漂流木那样散落各处，那因互相契合而震颤，却也无法相互触碰的时间会如何碎裂？

移动的必要

学期结束时,原本想做个简单的记录整理在花莲的短暂生活,但岳紧接着回台,我又必须开始忙于行前的最后准备,包含办印度签证、买齐缺漏的装备、讨论与确认正式版(出发前的最终版,在路上可能又是另一回事了)的行程表,和一些家人、朋友用餐……当然我也得把时间分给爱情了,他回台的短短一周,我们每天背着登山背包赶赴不同县市的各个场所,甚至有一天因为时间已晚的缘故,只好在捷运南势角站附近的大楼广场扎营,但很快就被警卫劝离,最后找到捷运站的逃生梯露宿。

我想起去机场接他那天。在他父亲车上,心时不时抽动一下,近似一丝丝心悸。但心悸的感觉产生时,我脑中的画面却是这学期所修的自然书写课的期末健行。视线越过树梢、穿越叶片间的缝隙,光线返回山径。我想象的视线回应了高速公路两旁的灯火,擦亮某个黑暗中的事物。

事实上,这学期我若是被问起"为何是印度?""为何要休学?"都很难给予对方明确的答案。当然,随着行程渐趋完整,大概可以归纳出是为了山吧,但我并不想随意回答他人这个答案。直到有位贴心的、来自香港的同系同学,在一次我又陷入了必须回答这些问题的窘境时,她直截了当地替我向别人回答:"因为有移动的必要。"迅速结束这场对话。从此以后我就借用她的说法回答每个询问的人了。

在去赫赫斯的路上,我跟随着许多同学停下脚步。有人以望远镜仰望树梢,鸟鸣时常比形体先到来。(这学期由于修习一堂通识课的缘故,我每周必须空出两个早上到校园指定的地点鸟观,拿着望远镜"追"鸟时,到最后会觉得自己并不见得真的是要把那只鸟找出来。正在进行的,其实是为声音赋予形体的过程。)有人蹲下来,镜头对着一株紫色的果实。当一只大青斑蝶出现的时候,所有人都静默下来……也许在静默前,大家发出了属于自己,但能被身旁的人所理解的忘情呼喊。大家开始记忆那只大青斑蝶,W老师适时到达,尽可能向我们解释与青斑蝶相关的种种物事。

W老师向大家说明,台湾的"青斑蝶类"有六种,有大青斑蝶、小青斑蝶、琉球青斑蝶、姬小纹青斑蝶、小纹青斑蝶、淡小纹青斑蝶。(我已经忘记他有没有六种都说了,只好利用吉隆坡有些跑不动的网络查一些资讯。)

继续浏览青斑蝶迁徙的资料时,却意外发现了薄翅蜻蜓由印度南部迁徙至非洲东部与南部的过程。每一年,有数百万只蜻蜓飞到马尔代夫,这件事引起当地生物学家查尔斯·安德森的兴趣。马尔代夫的一千两百多个岛上表面有许多珊瑚礁,几乎不具有表层淡水,但蜻蜓的生命周期必须倚靠表层淡水完成。安德森推论,马尔代夫并不是这些蜻蜓迁徙的终点,它们甚至会越过印度洋,飞到非洲西部。

这些被安德森称为"临时雨水坑的蜻蜓",借助印度接连不断的季风雨、东非短暂的雨天、非洲南部的夏日雨天、东非长长的雨季,然后回到印度寻找下一个季风雨。安德森下了结论:"这类大规模迁徙至今不被人注意似乎是不寻常的,但是,这恰恰说明我们对自然界依旧所知甚少。"

我看着这些自然书写课的同学(学长姐等级的),他们都在以各自的尺度看待事物不是吗?我觉得我好像能说出旅行的理由了,但这些语言大概永远不会成形。我想起一位重要的朋友时常和我说的:有些物事不被书写,但不代表它不存在。她在桃园机场给了我一封信,读完之后,我又再次地理解,也似乎真正理解什么是秘密了。

出发前一天,才决定带《创造自然》作为旅行时的读物。由于必须控制行李重量,只能带一本书,但一直在《丈量世界》与《创造自然》两本之间挣扎。岳选择了《沙乡年鉴》,他是第一个推荐我看这本书的人。那位重要的朋友说,她3月和我们在尼泊尔会合时,会把《丈量世界》带来的,得让高斯与洪堡在尼泊尔的高山上会合才行。

原本想写点关于9月自己拒绝去基隆港边送岳的事情,但昨天搭了深夜的廉航,基本上是不可能入睡的,现在精神已经开始耗弱了。我想了一下,决定不写在这里,毕竟那是秘密。

书写的责任

我已经可以毫不犹豫地告诉你，我愿意和你一起踏上任何形式的道路。从前我很介意路总是你先发现的，找不到新路时就会讨厌自己，但走久了就会发现自己好像成为自己的秘密了，而这是一样时而忧伤、时而坚韧无比的武器。

如果现在要我说出，我每天醒来的目的就是要出发去一个地方、我能够为了计划一趟旅行整天不吃不喝找资料、我非常热爱在外探险的所有历程这类的话，是非常不诚实的。对我而言，移动的当下基本上只有"踏在路上、单车双轮压过路面"这样的状态才是最为强烈的具体事实。

暑假时，我和一些朋友规划了一趟单车环岛，而这也是我最后一次骑着陪了我两年、在塔塔加摔过一次、上过一次武岭的白色捷安特单车来长途旅行。第二天我们就得沿着台7甲省道，一路爬着长长的上坡往梨山去。为了远离不断聊着天的朋友，我奋力地踩着踏板，用背部、腰部和大腿的力量拉开和他们的距离，但由于是陡上坡，车速到底有没有实质提升对身体的意义好像不大，唯一可以确定的是那些地方的肌肉都扎扎实实地出了力。在低头爬坡的时候，柏油路会一寸一寸地压迫视线，仿佛无尽的道路于前方闪现，骑久了偶尔还会产生近似贫血的感觉。但我内心的变化则与生理相反，心灵似乎开始成为一台唱机，老迈、优雅、缓慢地读取着路旁山壁、零零星星高出护栏的植物、远处山头的时间沟纹。

一段时间后，我的单车突然"速度出来了"，整体骑乘的感觉变得十分轻盈（但重量并没有消失）。就在某个瞬间，身体得到某种特殊的反作用力，成为此刻，也远离了此刻。

这代表我的身体记得这个地方了吗？

身体能记得的事总是没有名字的。朋友大学课堂的某位老师带完雪山课程后，问大家："当你们到雪山圈谷那里时，真的会立刻联想到'噢，这就是冰河地形'吗？你有没有想过，如果你是鹿野忠雄，第一次到这里，你还会觉得这是冰河地形，还是一颗透明的眼球？"

没有名字的事物总是幽微的，比如说即将来临的林荫道路、中横回头弯梅园竹村的山径残骸，或者尘土飞扬的隧道中，前方骑乘的爱人与些微反光的车身。我在想，即便日后建立一个地景，一趟移动的知识谱系仍然是重要的，这是属于现实的责任，但也千万不能忘记身体所记得的事。这也是为什么，我认为我能理解喜爱的作家诗句的原因："因为山总是借来的，而我想忘记自己的名字。"

…………

昨天和朋友坐在水琏小学的秋千上喝水休息，休息过后，我们就得骑上由水琏通往米栈、翻越海岸山脉的小路。在东部生活一段时间就会知道，有些时候真的是不得不骑上、走上某条路。如果要往返海岸与纵谷，除了跑回吉安或花莲再接回台11线或台9线不需要翻什么山之外，在其他地方就一定要翻山，像是花38-1乡道（想把这条取名为水寿［米栈在寿丰对岸］公路，因为路很烂，希望在上头骑乘的人都能活得长久，福如花莲溪，寿比奇莱山）、光丰公路、瑞港公路、玉长公路等。

我们决定骑这条翻越海岸山脉的小路也是出于某种"不得不"。昨天我们都觉得，就是不能不好好骑车，必须不断捡拾细腻的踏实感，拒绝飘在虚空的不安；责任的种子落下，经由各自内部的机制长出植株。最近常跟那位朋友走同样的路，以前可能会害怕对方因此太过巨大造成压迫，现在却觉得有人在生命的某个阶段能够常常陪你走同一条路是件好事，这些人的存在在往后会一直扮演非常关键的角色，就像信念一样。能够抵抗对方的，大概就是秘密吧，即便往后会因为这些秘密，彼此走上不同的路。

啊，说到种子，想起玛格丽特·罗曼在《在树上》中提到的"种子乐透"。据估计，一公顷的雨林每年约有十五万颗种子发芽，然而只有不到百分之一的幼苗能够长成大树。一颗种子要长成大树，必须先安全地降落地面、发芽成功，撑过幼苗（或子叶）阶段，拿到前期更新的门票，并且在树冠的林荫底下，继续处于压抑状态，不断储存能量，在树冠下层发育成树。但如果要长到树冠上层的话，就要有缺口出现，使树株获得大量阳光，从压抑状态中释放，一口气长成大树。而能够在林荫底下发育成树苗、持续生存的树种，被称作"耐阴性树种"。

我很好奇，若哪天我们都有机会长到树冠上层，在眺望远方时发现彼此，那些各自作为养分的秘密会变成什么样的形式显现？也许我们看得出轮廓，而不说出名字。

我忘记那时候他的手机里还有没有播放着陈世川的歌。他问我："你在旅行的时候，有时候会不会觉得，能不能成为一个作家不是那么重要了？旅行的时候真的会觉得，就这样诚实地活下去，不成为作家真的没关系。"我告诉他我一直以来都没有想要成为一个作家，不过有时候还是觉得自己有责任，书写的责任。

我们突然都觉得，能成为作家的人很多，但生命层次很高的人很少呀。他最近重读《流浪者之歌》，里面提到追寻与发现的差异："寻求之人，很容易眼中只见追寻之物，却不能察觉自己无法接纳任何东西，因为他有个目标，受目标所制……发现却是自由地、敞开心胸地站着，没有任何标的。"他说："我觉得旅行根本不是寻找，而是发现。"

虽然我没有特别想成为"作家"的念头，至少我不知道究竟"作家"的形状是什么。我反而比较在意自己到底"能不能写"，有时一不小心就害怕自己根本不具备书写的资格。不过幸好来了花莲，会把自己"逼"上山路，甚至之后还要把自己"逼"去海外。身体能为自己做的事很多，而我也因此相信，走过的路未来也会走进脑袋中的，就不要担心了。

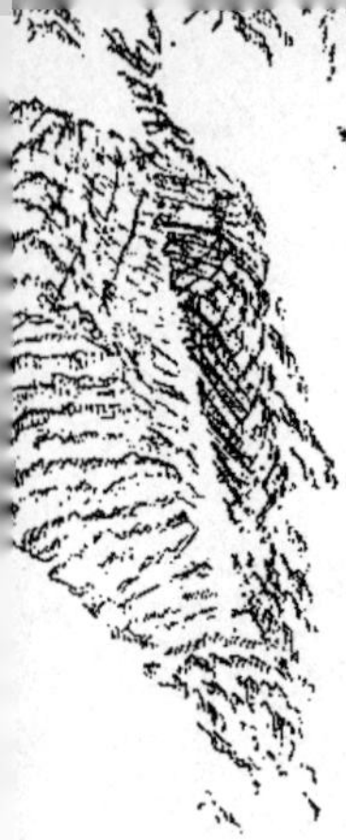
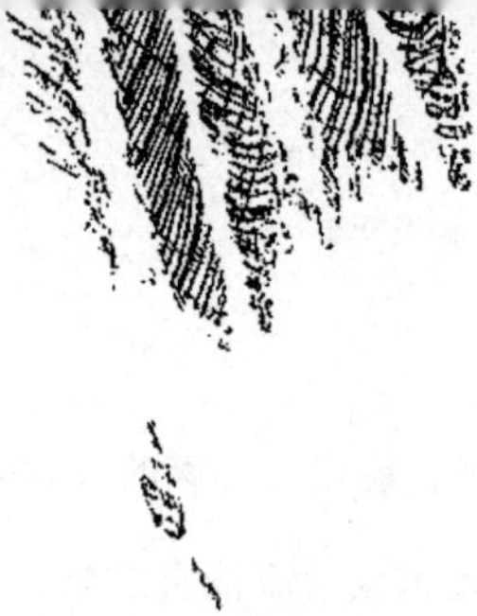
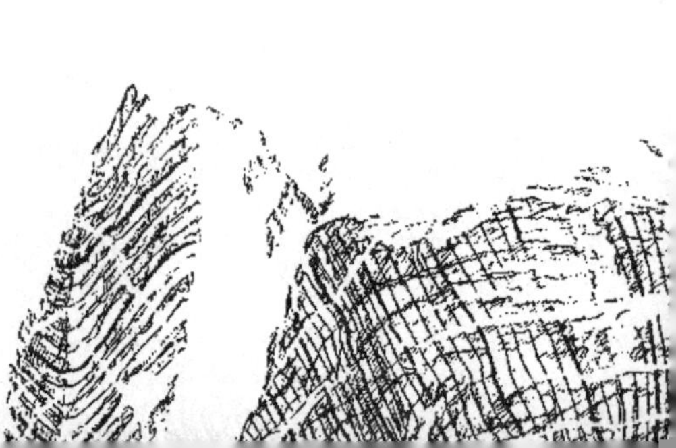

终章

　　每个人终其一生总是要进一次岩洞的，有的人很快，有的人可能要几乎走到尽头才会。回忆这种东西终究只能是回忆，食物味道会变、建筑会消失，剩下的不过是彼此相互陪伴走到尽头。

　　——节录自岩洞中笔记本

回家

等了那么多天之后,我才决定真的开始书写,其实在来到这个岩洞之前,我的书写已经低潮很久了,写的东西都不好,可能是我一直不曾放开心胸去面对一些情感吧。

不晓得活人的世界现在如何了?我在这里过得很好,至少心灵得到解放,当然还是很希望能活着出去传递这些能量给这个世界,但如果无法也只能留给山了。

得到解放的感觉大概就是会想到小时候的很多事吧。都是一些很小的细节……我可以告诉你上百上千个我们的回忆,只要我还能说、还能写,我就不无聊了,尽管死亡正在接近。

在这里我竟然考虑如果可以活着出去,三十五岁要生个孩子,不然我还是会很不负责,也不会懂你们。

不知道有没有人会发现这里？但我还是决定每天跟你说话，一直说话到最后一刻，不管自己的文笔技巧了，那些都不是真的，到了这岩洞后，我想跟你说的才都是真心的吧。所以千万别怪岩洞，如果没进来，我是死的，我们还是一样不快乐。

夜晚的时候我会很痛苦，因为我好想家，想把单纯的自己给你们看，但如果肉体回不去了，我会把一部分单纯的自己放在山上，一部分带回家。

你不要担心我了，我这辈子一直到现在才学会真正地放松，尽管真的很想活着，接下来交给山安排了，但即使食物不够了，这样一直写一直写我就觉得自己不会死了。

直到这时，我才觉得自己真的成了作家。

给宸君

空気男

寶貝：

　　好久沒抱你親你了（雖然每次你都會想閃開，嫌我肉麻），超想念你的。

　　恭喜你出書了，封面的設計，四本書可以連成一座山，很酷耶，我很喜歡，相信你也會滿意的。編輯這本書很不容易喔，要感謝愛你的好朋友們及出版社的幫忙，才有辦法完成的。

　　以前知道你對寫作有興趣，筆觸也很敏銳，想著有一天一定會成為作家，說不定來個諾貝爾文學獎，於是，我都會把你隨興寫的筆記，手札，紙條等都留著，等你成名後，這些手稿可值錢的勒。

　　喜歡閱讀的你，常常沈浸在書的世界裡，記得在高三時有一天，你說：媽，帶我去買梱籤貼紙，我心裡想，寶貝終於要開始認真準備學測了，哈哈！結果是我想太多，貼紙原來是用來貼課外書佳句用的。

　　最近有去爬山嗎？天堂的山跟地球的山有不一樣嗎？我想，應該更美吧！

　　之前在想，你除了在天父的懷裡還會在哪裡呢？後來終於知道，原來你一直住在我心裡，從沒離開過，所以我去哪，你就會跟上，跟你說話，你也能馬上聽到。上次有跟你說，你喜歡的歌手近況，還有好多部你喜歡的電影上映，你都知道了吧。

　　紙短情長，除了想你還是想你，每當我軟弱時，你的堅強與勇敢總會帶給我滿滿的力量，貝貝，謝謝你來當我的孩子，你是我們的驕傲，我們以你為榮。

　　我們都要照顧好自己，不要讓對方擔心喔！

　　　　　　　　　　　　　　　　　　　　愛你的媽媽

小山豬寶貝要吃飽飽睡飽飽
小山豬陪你去旅行

P.S. 感謝曾經陪伴過宸君的師長
同學 學姐 學妹 朋友
謝謝你們

无尽回家 Endless Homecoming[1]

罗苡珊

在死亡之域我们也将生活。

——亚当·扎加耶夫斯基《无止境》(*Without End*)

就像一些我们看不见的孩子的脸,过去和未来也许都躺在寂静的臂弯里。我们从来拥有的只是此时、此地。

——厄休拉·勒古恩《总是在回家》(*Always Coming Home*)

1. 致信

亲爱的宸君:

你说,比起在意会不会成为作家,你在乎的是能不能写,深怕一不小心就失去书写的资格。你知道这句话对现在的我是什么意义吗?你描述事物时喜欢用平凡的动词:你说"移动"的次数多过"旅行";用"走山路"来描述爬山;你甚少

---

[1] 此用语引用自历史学家詹姆斯·克利福德(James Clifford)收录于《复返:二十一世纪成为原住民》的文章《伊许的故事》:"过去与未来的全然对立正在部落复兴(tribal renaissance)的脉络中摇晃。如今,时间被经验为循环的、系谱的、螺旋的,是无尽回家途中的时空型(chronotope of endless homecoming)。"

使用"文学"这个词,但当你说着"书写"时,眼神迷离却又透彻,里头藏着一片呼之欲出的汪洋……对了,有个词你不常挂在嘴边,但它永远是个有着追寻姿势的动词,那就是"爱"。

再过几个月,在你二十一岁生日那天,我们就要出版一本你的书。是的,一本书。你能想象吗?我还不知道怎么衡量这本书的重量。它绝对不会重到让你不想带它出趟远门,但还是会沉甸甸地压在你的手掌心。不如让我换个说法吧:它将比记忆重一些,比生命轻一些;当然啰,也将比记忆可靠一些,比生命简洁一些。

毕竟,我们得让复杂的生命看起来简洁而轻盈一点儿,你说是吗?就像你离去后,那些我一厢情愿做的事:将搜集来的事物,按照自创的系统分类;替每个分类与篇章命名,在上头编写号码;然后,依照顺序排列,再打散重组……这些举动的对象有时是实际的物质,有时是隐蔽、不可见的文字。我寻求它们,仿佛只要与它们在一块,我就能安心入睡。

这本书是你的离去所铭刻的永恒礼物。请原谅我这么说,然而是时候承认这件事了:若你没死,这本书不会存在。嗯,这句话或许不够精确——这么说吧:若不知道你的死讯,这本书就不会存在。

也许是好的，至少我知道了你的死。

这件事是如此确切、不容质疑，在积雪消融的春天。

2. 无尽书写[1]

距离我知道宸君的死讯，已经过去两年时光。这名挚友出生在艳阳焚烧的海岛平地，最终在异国覆雪的山棱里离开了人世。

我初次阅读宸君的遗书是在一个宁静的午后，阳光倾斜地照进其书房，光中飘浮着细细尘埃。房间里处处满溢宸君的气息，这让我仿佛不知道挚友的死，只是缓慢翻寻过往：填满笔迹的纸张，藏匿在书房各处。我想起宸君喜欢用手写字，尤其惯用黑笔。

受困在由扁平落石形成的岩洞后，宸君在第五天写下了第一篇文字。那是一封由黑笔写成的信——对象是即将在后续旅程中会合的我。当时宸君并没有将这封信定位为遗书；它跟游记写在同一本笔记本里，而不是后来被命名为"遗书"的那一

---

1. 此用语引用自朱嘉汉为阿尔贝·加缪（Albert Camus）遗作《第一人》（Le Premier Homme）中译本所撰写的专文导读《我们别无选择地become为第一人》："评论者给这本书'新生（Vita Nova）'的标记，一如进入无尽书写的普鲁斯特与晚年的罗兰·巴特，一种彻底的自知：这份书写的工作，将是最后伴随到死亡的。且矛盾的，像是重新活过，以截然不同的姿态看待过去与面向死亡，作品因而绝对新颖。"

本，就像是冥冥之中，宸君也期盼着生命的旅程将会延续，而不是宣告终止。

这封 2017 年 3 月 15 日写就的信，长久以来都贴在我大学时期住处的墙上，被我一再撕下又贴上，因此充满皱褶。后来我得知，宸君与一同受困的伙伴圣岳曾趁雪停之际试图逃脱，却因为再度降下的雪而躲回洞穴里，那天是 3 月 14 日；而在 3 月 24 日，一场雪崩覆盖了洞口，抵挡洞外寒气的入侵，却也掩埋他们的踪迹，只留下一点缝隙可让他们探知洞外世界。这一天，宸君在崭新的笔记本中，写下了第一封给家人的遗书。逐渐变淡的黑笔笔迹，衔接上铅笔写就的文字。

为什么受困的一开始，宸君没写下任何事物？而在后来，那股驱策宸君将虚弱双手迎向纸张的力量又是什么？宸君在空白的页面中，专心致志地找寻着什么呢？

许久之后，我才明了日期与信、日期与遗书之间的关联。那是一条牵连起"有所觉悟的书写"与"对死亡的彻底自知"之间的细线：当人们对一件事物感到恐惧并转头回避时，无论拥有再高超、熟练的文笔，都无法用文字替那事物赋予形体。书写意味着对自身处境的肯定，对宸君而言，也就是对死亡的肯定。宸君并非欣然迎向死亡，而是对死亡的确定性说"是"；这样的肯定，是为了引发后续对死亡说"不"的能力，并进而抵抗必死的命运。当宸君毅然跃入死亡之中，不再以为自己仿佛不会死去，就掌握了书写的权威。借由书写，宸君先接受了死亡，与之共存活，再抵抗了死亡。

"决定写遗书"不只是意识到死期将至、必须记录下什么的迫切之感使然，它更承载了宸君对"被寻获"的希望。在此，希望不是一种出于内在的信心（宸君难道没有怀抱对于不被寻获的恐惧吗？），也不是一种外界给予的承诺（有任何人可以向宸君担保会被寻获吗？），而是一份对未来的不完整认知：一种悬而未决，却也无路可退的处境、与死亡的确切性为敌的处境。

于是，宸君既怀抱希望，也深感绝望；既远离了希望，也挣脱了绝望。出于此，宸君决定写遗书。

…………

3月间歇降下的暴风雪停止了。死亡缓慢地掩袭而至，却不再像初始那样面目可憎。在尖锐而持久的漫长等待里，死亡拥有他们，就像活着的我们被生活所占有。死亡是熟悉的、游荡的、亲昵的，就像狭小床铺上的毛毯，轻轻地包裹着他们——正是这样的死亡与等待，使遗书的写作能够持续下去。

而书写本身，有着拯救般的物质性：靠着仅剩的纸与铅笔（圣岳用随身携带的折叠刀，替宸君削尖了石墨笔芯），以及"用手写字"这一个在受困期间，唯一能投注实在力气的身体劳动，宸君得以不去关注降临在自己身上的那份不幸，让它可被承受；同时，宸君也借由书写维持内在的澄明，从中汲取与其他基本需求不相上下的内在救赎——向他人倾诉自己所听见、所看见、所知觉到的事物，渴望他人也能够感同身受。

暖和的4月即将来临，奔流不息的溪水声逐渐盛大，积雪可以在几天之内消融。液态水从岩石缝隙中渗入洞里，再浸润遗书的纸页。这使我手中的遗书在干燥以后，显得粗糙而蜷曲，翻页时会发出清脆的声音。

我小心翼翼地翻到下一页。

遗书不再标示写作的日期，铅笔笔迹也愈趋凌乱。乍看之下，它们就像初学写字的孩子所写下的生疏字符；然而经过仔细的辨识，又会发现这些浅色符号有着熟练的内在秩序，因此必定出自一位熟悉写字的主人。由于写作时不再带有社会意识，这位主人诉说的内容，也免除了那些诉求获救、与世间告别、交代遗愿的话题。

潦草、庞大而清浅的字迹，缓缓倾诉着宸君所珍爱的一切。那是唯有在生命走向尽头时，才会涌现的无限宽慰与终极哀伤：远在天边的亲友、触手不及的家园，以及早已无可挽回的逝去，因此漂浮于时间之上的永恒童年……此时的遗书写作，展现了宸君的彻底自知与全然独立。在书写当下，生、死与爱因而有着意义上的等值。

不过，对写下这些的宸君来说，"尽头"有着什么样的含义？宸君真的"知道"有个尽头向自己逼近，而已逝的过去都远在天边、触手不及了吗？还是，在宸君感受到的时间里，"过去""现在""未来"这些范畴都再无清晰的藩篱，因此遗失的一切全都跻身到自己眼前，伸手就可以拥入怀中？

或许，透过书写，宸君将一时一地的岩洞打造成任何时空，并由此把家留在了身边。受困的经验，并非全然被痛苦及恐惧所淹没。另一种感受如杂草般坚韧地蔓生——那是面对重重神秘与未知时，所产生的惊诧与心颤，因此几乎可以称之为"美"……在宸君笔下，无数的极端在洞穴中汇聚为一：那是一个活着与死去、真实与虚幻、梦境与现实差异不大的世界；一个受困与自由、受庇护与被隐藏、抽象思考与具体行动都处于令人心碎的完美平衡的世界。

…………

我该如此相信吗？宸君辞世前，是否真的见识了美得心惊的风景，并感觉自己了无牵挂、即将重新活过一次？受困的经验超出常人的理解范畴，拒绝了任何被重述与再现的可能，我永远也无法体会宸君合眼前所见识的世界。

然而，在宸君留下的手稿里，我似乎也发现了两个极端——写作与阅读——汇聚为一，并实现了属于我们之间、心照不宣的共同期盼：宸君那赶不上思绪之流的虚弱双手，刻画下一个字所需的时间，也许就等同于我辨认遗书的一个字迹时所流逝的时间；而当宸君支撑起身体，就着熹微日光，凝神注视页面时的坐姿，仿佛也重合上我垂眼阅读遗书的姿势。

这些遗书是洞穴里的回声，宸君朝洞里投入话语，等待它们归来。而现在，伴随着死讯，它们翻山越岭、横渡沧海，回到了宸君的家乡与书房。是死亡将这些话语档案交给了我们。送达的遗书，就像幸存下来的希望——悬而未决、无路可退、与死亡的确切性为敌……

我轻轻放下遗书，抚平纸页的皱褶，合眼。然后，我听见窗外传来汽车驶过马路的声音、人们轻声细语的交谈，以及更远的屋檐下，数只雨燕飞翔时的鸣叫声；接着，我仿佛也看见了岩洞外的箭竹，在融雪后重见天日。风吹拂过针叶林与杜鹃林，发出宛如浪潮的声音。一声声鸟鸣，伴随着最初的一缕朝阳,响彻溪谷地。万物稍纵即逝,却又生生不息,就如同过往的每一年,以及往后的每一年。

此后,岩洞的时间便悠悠地住进我的身体里。那感觉私密、轻微而坚定,仿佛体内正孕育着新生命——不,那感觉几乎像是有另一个生命在体内长眠,与我同喜乐、同伤悲。而我知道宸君死过一次。

因此,那感觉也像极了能让人坚毅地活下去的哀伤。

3. 爱、野性、文学

宸君:

你离世前,曾交代我不要过度悲伤、要去爱人;在给家人的遗书里,你抄下利奥波德改写自梭罗的话语:"野性蕴藏着世界的救赎。"我把这些视为你的死亡带来的教导,于是你死后,我做了一些能力所及或未及的事。然而你知道吗?这些事的实践,却是冒着毁掉爱与野性的危险。

※ ※ ※ ※ ※ ※

剩下不到一个月,这本书稿就要送到印刷厂去了。然而,有件事我却始终没做。我知道自己没剩下多少时间,在这本书出版之前,我必须完成那件始终没做的事——像这样写信给你。

我们的友谊是从信开始的,那它就应该以信的方式结束,你说对吗?但如果你以为我想写信给你,那就错了。就跟你一样,我内心深深恐惧着写信给你,因为写下就代表承认你已死去。

为了写信给你,我开始整理房间。就像在青涩的年少时期,第一次独自远行前,那些刻意不谈论旅途的道别仪式:收拾陈旧的物品、打包装箱、搬运到合适的角落。这些事物当然也包括你的手稿。它们已经心满意足地住进了这本书,再也不需要永无止境地赶赴其他地方。

这本书是如此安稳的房子。起初,它的建造是出于一份与你重逢的盼望。每经过一次敲打修补,原先在我脑内存档的回忆就更加遥远、模糊,而另一种崭新的记忆缓慢靠近——它们潜藏在那些搜集而来的物件之间,沾染灰尘的夹缝里;那些手稿字迹的笔画之间,细微转折的弧度里。我的目光穿透它们,并重新认识了你。

两年来,这栋房子历经了大大小小的修缮。如今,它已经够持久、够坚实,足以让你在冰冷中暖和躯体、在炙热中感受沁凉微风的吹拂。有好久的时间,你应该都不会对它口出怨言。所以啰,很矛盾地,它也成为了我们之间的牢固屏障:像是这些建造的工作,不是为了与你重逢,而是重逢后的再度分离。这就是安息的真正意义吗？事物在遗忘中，重获了不朽的自由；既不活着，也非死去，仅只是存在。

我好想告诉你很多事，但时间不多了。此刻，我们就只拥有这一封信的时间。我只能告诉你，在与你一起受困岩洞的圣岳回来后，我们与朋友们编辑这本书的心路历程。当然啰，我只能诉说我的。其他我说不了的，相信他们都用各自的方式告诉你了，那可是秘密。

…………

作为一种构思，早在你离世、圣岳被寻获之前，这本书就已诞生。当时你们已经失联超过五十天，我心想："应该是走了，等雪融之后，或许能知道身体被雪水带到哪里。"接着，一个想法缓缓浮现："我想开始搜集你们的东西。"直到那刻，我才发现自己十分悲伤。

这个想法就像安稳的心跳声，取代了原先掏空一切的哀悼情绪。接下来几天，我与山友去了山上。无论是从新武吕溪底爬升至宽敞营地的山路上，或是轻装从妹池续行到嘉明湖的针叶林中，我总是想着：该如何让我对你们的爱，在世上留存得久一点？

层层浓雾随着强风，快速覆盖上高海拔的草坡。我沿着嘉明湖畔绕行，即使专注地凝视远方，也无法靠视觉丈量湖泊的范围。许多时刻，我几乎要以为你们会从雾中前来与我相会。然而当我在三叉山顶背对着强劲风势，看着雾气随风而去时，我瞬间明白了相会的想望终究徒劳——而你们也将是雾气，轻盈地随风而去。

我们倚靠着指北针、地图与扁平叠石判断方向，伴随着冰霰与雷雨踏上了回程的路途。缓和起伏的山路看来永无止境，即使穿着雨衣，风及雨水依旧迅速将温度带离我的皮肤表面。冰霰降下时的声音像极了木炭烧红时的清脆声响，连带地勾起我的深层渴望：火堆的炙热意象在我脑内升起，与之并存的是体感的冷冽温度。那股濒临失温的炙热孤独感，与我对活着的渴求遥相呼应，使我全身止不住地颤抖，就快掉下眼泪。

那天是 2017 年 4 月 22 日。当时的我一定不知道，再过一天左右的时间，你就离开了人世。

隔天的下山路途中，天依旧下着清澈而柔软的细雨。突然之间，一阵不寻常的巨响撼动了松树林：一只受到惊吓的美丽生物迎面撞上了笔直的松树。在不到一秒的时间内，它迅疾地跃入雾中，一并将奔驰的声音带离我的聆听范围。那是一头公水鹿。它发出的声音似乎来自另一个时空，夹带着我无法触及的远古岁月前来，像余震那般久久在我身边回荡不已。

它也知晓欲望与爱吗？当所属部族里的单一个体消亡时，它也会因此感到挣扎与悲痛吗？我惊诧地发觉，那股原先压在我心头的疼痛，竟然也一点一滴地消散了。爱与野性是如此矛盾的反面——会认为"野性蕴藏着世界的救赎"的是谁呢？是人类；需要救赎的又是谁呢？是人类；而将那份救赎世界的责任自我担负的，也是人类。

可能是在你活着的最后几分钟里，刚下山的我踩踏着雨鞋独有的沉重步伐，用雨水在南横公路上及山壁边缘所积蓄的清浅水流，洗去雨鞋上的土壤与泥泞。就在那一刻，一股奇异的平静暖流从指尖末梢往我内心流去——如此真实地，我意识到自己就在活着的一群人之中。幸存后的幸福感胀满胸腔，同时涌现的是一股秘而不宣的哀伤。只有无情的山能够知晓这类极为深沉、近乎无情的残酷哀伤。山是如此严密而不留空隙地，替多情之人保守着挣扎、悲痛、欲望与爱的秘密。

…………

不过，如果单凭对野性的向往，我就不必编辑这本书了；而如果光凭我对你们的爱，这本书的编纂也是不可能完成的。

编辑这本书还必须有更重要的理由，那理由将赌上毁掉爱的风险——因为，编辑这本书意味着一再重新造访、验证我所珍爱的记忆，这些举动将摧毁它、否定它，甚至还会失去它。

如果我告诉你，你与圣岳受困洞穴的事被当时的台湾与海外媒体争相报道，又有什么意义？你的死讯被众人拥有，我们永远无法凭借着我们与你的亲密，获准参与你最后的人生。而我又该如何跟你解释报道的规模呢？当今许多新闻报道的方式，都让我们以往对于消失后仍被记忆的渴望，前所未见地扭转到了最极端的反面。若真是这样，你大概无法忍受。这么一来，你应该对我为何要编辑这本书，有个粗浅的认识了。

编辑这本书的动机，不是为了体验模糊不清、自我疗愈的缅怀，而是迫切地感受到回应公众的"记忆责任"。若是成功地越过那份毁掉爱的风险，这本书就将会是对我们的拯救——积极的公共意义将战胜极为私密的痛楚，反过来肯定与转化那些出于自我保护的复杂情绪：对自身痛苦的耻辱与羞愧、对已成定局之悲剧的无能为力、创伤记忆被揭起的巨大伤感，以及对私密记忆的贬低与回避。

但在编书过程中，我却渐渐发现：为了淬炼出积极的公共意义，以战胜那极为私密的痛楚，编辑这本书势必再次促成许多伤害、眼泪与拒绝。如果光凭着我对你们的爱，那又该如何解释这些我亲手促成的伤害、眼泪与拒绝呢？回应公众的"记忆责任"无法回答这个问题——你们经历的事已经被淡忘，就如同世上其他无数的死亡与苦难。而又有谁需要强调事件特殊性的详细事发报告呢？

这么一来，这本书恐怕也很难越过那份毁掉爱的风险了。因此，这本书的出版还需要一份比爱更重要的理由。那又该是什么？我的结论是：对于文学的相信。是的，就是你不常挂在嘴边，却始终将我们两人牵连在一起的词。幸运的，随着这本书的编辑趋近完成，这份对文学的相信渐渐引领我发现：那份原先被毁弃的爱，竟然有机会以更稳固的方式重建。它不再是奠基于友谊的私己之爱，而是将你视为一位创作者的疏离之爱。

如此一来，你的死亡就成了拿着火炬的引路人，带领我到达从未经历的远方。我的人生因此在二十岁那年彻底改变了。我不再摇摇欲坠地否定生命的意义，也将那份自我防卫所招致的尖锐扫进了垃圾堆。我深刻地学习到：抵达真实的路途上，想象力、信任与耐性，或许比怀疑一切的反抗可靠得多。

然而，在编完这本书后，那股因为编辑工作而被掩埋的私密伤感，却铺天盖地席卷了我的身心。引路的火炬幻化成围绕死亡的情绪迷雾，仿佛直到那时，我才对你的死与受困经验产生了真实的反应：它们变得如此亲昵，如此带给我一种胀满胸腔的哀伤，让我感到坠落般的眩晕与欣慰。于是，我知道我非忘记你不可。否则，那阵迷雾将永远笼罩住我，而盲目的爱与责任将使我裹足不前，无法将这个世界看得更透彻、更清楚。毕竟，孩子总得先离开家园，才能对外界进行猛烈探索——相信这样的观点，即使是在异乡离世的你也会欣然同意。

许久以后，那些远离的记忆或许会以截然不同的姿态回来。到时，就是我走进自己的洞穴的时候了。我也将踏上无尽回家的旅程吗？那个受困的洞穴，是否也将越过所有的障碍，并持续延伸到故乡的山海？当我望向洞口，那低垂的视线也将超越原先盲目的爱，降临到已然逝去却又跻身眼前的回忆里头去吗？

而你说：想念故乡的山，就走进另一座山里。一再走进山里，才会记住自己的山。

接下来，我将向你描述我的山。

你大可以闭上眼睛，深深地吸一口气。我们一起经历了那么多，也都明白，分离之际的轻松笑容是多么重要的事。

…………

此刻，我们就站在你钟爱的故乡土地上，在夜晚时踏进了那座山。山就像规律晃动的摇篮，轻轻地托住你的梦。我轻声说："这趟旅程将不断延伸到黎明。"于是你将头灯区段调到了省电模式，六十流明的圆盘状光亮驱散了黑暗，重重雾气在光束中缓慢流动。山路在我们眼前朦胧开展，不知道延伸到何方。

　　好了，靠着听觉，我们可以判断自己走在哪个路段上：雨鞋鞋底传来的坚硬碰撞声揭开了序曲，那是平坦好走的石头路；每每在潮湿的泥泞中迈开步伐，就会听见雨鞋与土壤间的空气被挤压的轻微破裂声，这显示我们正行经大片竹林；而当你听见光滑松针与鞋底摩擦时的沙沙声时，就代表我们正走在铺满松针的陡坡上，就快接近那条只容一人行走的狭窄猎路了。等会儿将有个不稳定的疏松土石路段，你的眼神必须寻找到稳固的踩踏点，借助树根与岩石，将身体重心快速地转换到下一个脚点上去。记住，在那样的时刻里，唯一的秘诀就是绝对不能害怕，并让自己看似泰然自若。

　　不久后，我们会回到一处林间空地扎营，有条距今九十多年、沿着等高线开辟的古道通过这处空地。在周遭搜集细柴并不难，这儿也有着尚未腐烂的优质良木，足以让火堆持续燃烧到天明。

在全然的黑暗当中，气味与声音绝对比形体更早出现，它们拥有千万种姿态与层次：当你闻到松脂燃烧前的刺鼻气味时，你仿佛就已经感受到火光刺烫肌肤的温暖了。为了获得那样的温暖，你必须先就着头灯光源，将手锯割入木材。在光束中，木头断面飞溅而出的木屑就像火星那般跳跃。你将永远怀念那新鲜的木头气味，就如同你也将永远迷恋水分从柴薪中蒸散时所迸发的声响。当你能清晰辨别干柴与湿柴燃烧时的声音差异，你自然也能知晓免于饥饿意味着什么了。

在仅有火光的深山里，月亮总是比你想象的还要明亮，白面鼯鼠的鸣叫将引领你学习这个道理。那声音是一根反射着皎洁月光的银白细针，从山樱树梢划破了夜空。仿佛不抱希望地期待着什么似的，你将会抬头仰望树梢，纵使什么也不会从天空降下——降下的或许只是我们的充实与饱足，而它将成为我们的眠床，伴随着森林深处鸱鸮科鸟类的悠远叫声，引领我们进入梦乡。

当东方的天空逐渐泛白时，紫啸鸫的鸣叫声将会挟带着刀割般的清亮哀伤，从遥远的溪谷穿梭到林间，宣告着我们这趟旅程的终止。而此刻，黎明已经来临了。原先笼罩在夜色下的山壁，在五色鸟那宛若焚烧着朝阳气息的叫声中缓缓浮现，迎向和煦的晨光。

我坐起身，望向了仍在熟睡中的你。免除了头灯那掩盖住对方面容的炫目光亮，我终于清晰地看见了你的面孔。你紧闭双眼，露出了无牵挂的微笑，仿佛就将在睡梦中，目送我踏上前往远方的旅程。

4. 致谢与新生

我想由衷地感谢刘宸君的家属与梁圣岳的家属，他们在悲伤之余，仍愿意信任我搜集、整理并出版宸君的手稿及文字。这些年来，他们所付出的心力与勇气无法以文字与词语来衡量。

此外，这本书没有他们是不可能完成的：感谢春山出版社的编辑吴芳硕、庄瑞琳与企划甘彩蓉；替这本书介绍出版社的记者何欣洁；一同参与编辑过程的杨婧琳、萧羽彤；将资料保存与建档的陈彦妏、黄彦杰，以及协助手稿缮打的陈晏华、连品薰、杨婧函、叶继元。同时，也特别感谢东华大学华文学系吴明益老师对这本书的鼓励，并感谢吴郑秀玉女士奖助学金、文化艺术基金会所提供的补助，让这本书能够顺利出版。

大江健三郎在形容儿子创作的早期音乐时，曾说："Innocence（纯真）这个单词是由in-'没有'和nocere-'伤痛'两个单词所组成的。"[1]这种满溢的纯真也出现在宸君最后的书写里，仿佛是在被信任感包覆的处境中，写下"没有伤痛"的遗书。宸君不仅在遗书中创造了未来——规划的人生包括了学业、家庭与育子，而整齐排列的旅行行程，则远及了2027年——也借由将记忆投往最初的故事，从受困的身体中逃脱，并永不歇息地再次翱翔。

在最初的故事里，一切都正在开始、没有终点、充满可能性。除了家人，宸君写得最多的，便是一同受困的伙伴梁圣岳。我衷心盼望这本书也将是对活着的祝福：谢谢圣岳带回了宸君的最终信息、对书籍编辑过程的参与及陪伴。而那"没有伤痛"的最初的故事，也将成为我们的出发之处。

正是因为，在封面用铅笔写着"遗书"的笔记本中，宸君在封底用黑笔刻下 New Life（新生）。

---

[1] 引自大江健三郎的《日本，分歧的国度与我》，为1994年获得诺贝尔文学奖时的得奖致辞，收录于《如何造就小说家如我》。

送你

杨婧琳

每一种爱都喜欢重复,因为它们违抗时间,就像你和我一样。
——约翰·伯格《A 致 X》

宸君:

2017 年 4 月那一天演出前十分钟,珊珊捎来了你 2015 年写给我而始终未能寄出的明信片,我不敢看,怕演出会受影响。大幕准备拉开时,突然有人悄声对着台上的我们说:"这是最后一场了,你们要尽全力,把这场戏好好送走。"听见"送走"这两个字,某个开关好像被打开了。我转头对身旁的演员说:"他刚刚说送走,是送走。"眼泪开始止不住地掉。当时我非常努力试着深呼吸、试着专注,我从来没那么努力过。但是来不及了,灯亮一开场舞就跳错,中场拉错幕想要拉回来,结果幕完全卡住,还整个盖住演员。演出后我离开人群,坐在系馆地上,一字、一句地慢慢读着那张明信片,用很慢、很慢的速度读。读完后触着你的笔迹刻痕,我旁若无人地放声大哭,非常非常地想念你。

就像毁掉那场演出一样,后来的我也差点毁掉那年春天。

在那之后很长的一段日子，生活一片混乱、无所适从。常在夜里无声地哭醒过来，又迷迷糊糊哭睡了过去。焦虑无比的日子里忘了从什么时候开始，常在心里默念着卡夫卡说的："写作是一种祈祷。"虽然什么都写不出来，只要握着铅笔，就似乎能与你产生联结而有所依靠。

幸好春天是不会被谁毁掉的。约翰·伯格的《A致X》里头写着："死者都聚集在那些依然保留下来的文字里。"而我用与珊珊整理手稿的无数个灯下深夜，缓慢而坚实地验证这件事。我们会对坐下来，打开各自的电脑开始敲敲打打，一边播你喜欢的苏打绿的歌，极少和对方对话，更多时候是寂静地分享这份无法独自承受的沉默。我想，其实我们只是需要坐下来，陪伴你的文字如同陪伴你，彼此一起熬着，等待时间过去。

去年我也去旅行了。结果绕了地球半圈的我一点进步也没有，握着铅笔的手依然什么都写不出来，才意识到自己究竟有多少年没写信给你了？你知道，我们曾经是以几小时、几天而不是几年没通信来计算时间。写封信，原来这么需要勇气。

某天在地球的另一端一觉醒来，我从此拥有了一种小小的仪式。一开始我只是观看那些具有山和洞穴空间性质的事物，后来我会在它们面前驻足凝视几秒：北爱尔兰海岸的巨人之路，海水在玄武岩上旋绕侵蚀而产生的圆形凹痕；根特钟楼的钟声在耳旁响起时，酸疼的身体与脚下的城市还有建筑本身一同共鸣的回音；渡船开过瑞士与德国国界博登湖面的涟漪中心；回望自己踩过雪堆深深陷落的足印……每当我用凝视把眼神温柔按进那些可见凹洞里面的同时，便藏进一个小小的愿望。因为珍贵的事物如果赤裸地摊在天空下，就会逸散无踪。我想悲伤也是。

"永恒是记得，而永恒的相反是遗忘。"万物的每一种爱，都在抵抗时间吧。假如凝视的本质是想念，而想念是为了"抵抗遗忘"，那我想"抵抗遗忘"则无疑是一种承诺。当死者等待着生者的想象，而生者承诺死者将"为他们抵抗遗忘"之时，他们便能够在拥抱彼此的时候，烙下隐形的印记。他们对彼此的信任是如山海一般浩瀚的存在，也如草尖微小的露珠对抗太阳升起那样地细致无畏，蒸发成勇气。于是，生者们便能够紧握彼此的手，继续活着对抗命运。而我愿意相信，只有在开始信任永恒的刹那，我们才能够接近它一点点。

我始终深信宇宙间有一种奇幻的缘分。它将我们这群人最年轻的生命时光全都种在一起，才有幸能够孤独，却不孤单地看着彼此在生命的苦难中，各自生长绽放。卖力寻找幸福，并学着赋予生命中各种苦难美丽动人的意义。我们看着那些美好，当然，也常常深信拥有共同的语汇的我们能够分享秘密。就像两年前那天早晨，我站在系馆中庭抽烟。一抬头看见阳光洒在树冠上、穿透枝条落下的金色光影，突然察觉你再也看不见——而是与它同在，我便轻轻地说，送给你。

语句就跟烟一样，飘上天去了。

你知道吗？后来一切都如你预言的那般发生了。在你离开的那天，我和所有你熟悉的脸孔牵起手，温柔地排成一列。站在正在消失的潮间带，我们悲伤而沉重的身躯也许阻止不了海岸线死去，可在这个阴雨绵绵的春季，空气里竟有着我们初识那年，校园雨后草地湿润温暖的柔软气息。

我知道，你早已变成守护旅人的精灵，存在于每一座山里。

——婧琳

2019 / 03 / 15 04:30 a.m. 于淡水海岸

礼物

萧羽彤

"要不要也出来混一下？"

这是我们私讯对话里你丢给我的最后一句话，而我一直没有回复，后来连点开看都需要勇气，其实在这之前早已问过自己千百回。

几年前因为每周的电影分享会认识几个还在读高中的女孩，每个都是那样特别，而你就在其中。平时实际生活交叠不多，但是每次碰面总是聊到忘记时间。单车是一开始最常出现的话题。

"在车上看到路边有人在骑单车都会有股想要跳下去骑的冲动！"

"我也是！"

这大概是一拍即合乐此不疲一直讨论着的原因。

觉得每次的出走都是为了回家，这个家是一种心底真正的满足踏实，能量源于此也为此消耗无止无尽。

"你有机车吗？我们缺一台车上山。"

就这样一群人彼此不太认识来自四面八方相约在儿童节

神仙纵走去了。前一天在南庄老察集合，晚上到大南埔搭起帐篷，但是帐篷有怪味，最后所有人都在搭好的帐篷旁边与蚊子共眠，那画面真是荒谬至极，可是真的好快乐好轻松。

当时你们放着音乐，是我第一次听巴奈的歌。

"你知道你自己是谁吗？"

第一句歌词就像一只温暖的手在暗夜里缓缓出现，抚慰着一个持续啜泣但是已经忘记自己为什么要哭的孩子。我顿时红了眼眶，你说你也是第一次听到这首歌就哭了。过了几年在某个场合认识了巴奈，一个如此澄澈的灵魂，很多感受都瞬间明白了。

"在一起了。"

"初吻给他了！"

坐在电脑前瞬间看到你丢出来的极简文字，为你开心地流下泪。一直一直喜欢你如此直白直接，看似骄傲率性送出这几个文字，我明白这是因为你的一切有太多细腻。

············

关于这张礼物——

同时认识了你、婧琳与苡珊，对我而言你们一直是不可分割的一体，我想对你们彼此而言也都是吧？所以把代表婧琳、苡珊的人物也都一起画进来。

我觉得你常常都是在一个观察者的角度，非常细腻地去观看感受与记录一切，而且应该是享受这样的位置的吧？这也是我心目中的你。

正在书写的你、阅读中的婧琳、拿着相机的苡珊。

在丛林里的书本、单车轮胎、岩洞、海洋与各种植物，以及你时常用来与圣岳并提的山脉，我想山脉与海洋某些程度上同时是旅行与回家的意念，都是我了解的你所爱与重视的人事物，也是会让我想起你的元素，这张作品也想送给你所爱的与爱你的每个朋友及家人，希望看到的人都会觉得安心而且温暖。

这几年经历了一些大小事件，我也慢慢在筹划一个旅行，一样带着强烈质疑与恐惧，不过总是得出去混一下的吧！

谢谢宸君，

谢谢你的澄澈与细腻，

谢谢你的率真与勇敢，

和你的所有互动与记忆总是很容易让我感受自己，
谢谢你让我发现也认识自己生命里以为不存在的区块。

——羽彤

2019 / 04 / 04

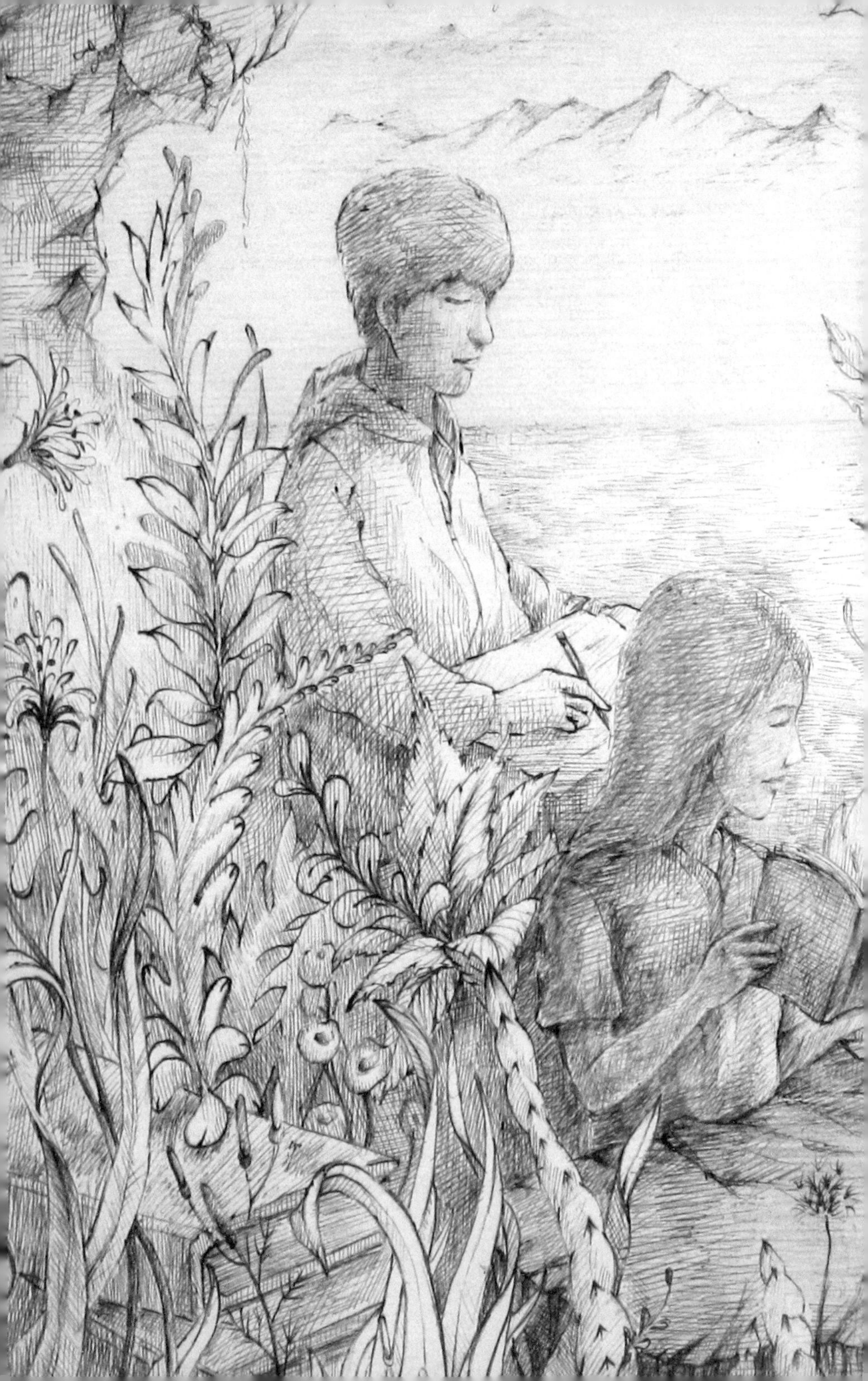

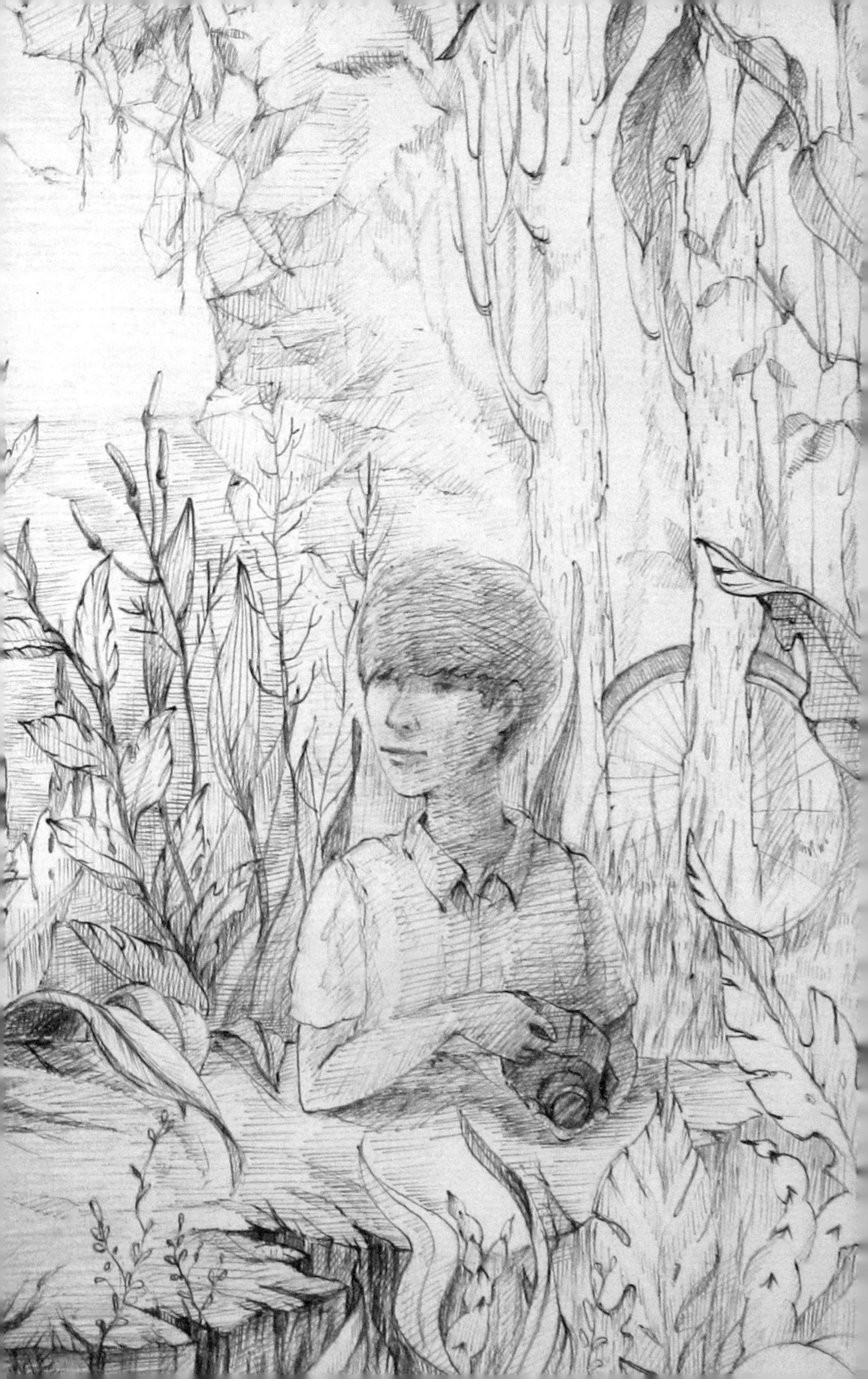

繁体版编辑说明

吴芳硕

本书成书过程与编辑原则，特以此文说明。

一、作者的全部文字手稿、电子档案等，由罗苡珊代表朋友群取得刘宸君双亲授权，得以交付出版社共同讨论、编辑。

二、作者留下的并非有意识整理过的完整作品。因此本书为著作财产权人同意之下，经亲友编辑小组与出版编辑共同讨论成书之样貌。

以此为前提，春山出版将刘宸

君定位为第一次出书的文学新人作家，而将本书定位为个人作品选集。本书不同于一般成名作者的遗作、手稿出版，采用一般书籍编辑原则：

一、比对原件，进行错别字、统一字修订，修正错误资讯，包括人名、地名等，但不另行加注。

二、为没有篇名的文章命题，原来有篇名的尽可能维持原题，亦不多做注解说明。诗作例外，考量诗作命题常有文学意义上的作用，无题者将加注说明之。

三、全书大多数收录作品，不指出出处。诗作则例外，诗作中有不少曾投稿，其余未曾投稿者，有的可见日记、情书，及写于碎纸片上的不同版本，由于出处推测可能关联到作品的完成度，注明出处以供参考。

成书后记

罗苡珊和梁圣岳由采访他们的何欣洁引荐到出版社，那个下午，他们身上包袱看来沉重，像从山里回来或正要去登山，大包小包地带上许多笔记本、几叠列印的纸本、一些复印的投稿作品，甚至周记、作业等任何与文字书写可能有关的物件。办公室角落会议空间有着轧轧的机转声，混着所有人对事件犹新的记忆。谈起为何想出这书，当时的他们只浅淡说出一句，不能让朋友就这样死去了。

第一次会面的时间不长。但讨论这本书的出版，对即使拥有许多经验的我们而言，也是编辑生涯中极为特殊的一次选择。在如此齐全的手稿里，我们先读了宸君的诗，也或许单单是因为读了诗，总编辑庄瑞琳和我就有了共识，我们愿意为宸君出书。作者诗性的心灵打动了我们。

然而，在接下来长时间的编辑过程中，我们才面临出版这件事的考验。

初期的打稿选编工作，是由作者的朋友们分头进行，他们的稿件整理相当齐备，包含创作时间、出处都尽可能有翔实记录。在这份底本的基础上，亲友与我们开始思考各种本书可能的面貌。

一本书该长成什么样貌，每一位编辑都会有不同的见解。而从我们的立场，编选某人的遗稿以留住一个人，与它需要被出版，这其中的交集点唯有文学。出版社所看重的，并非使作者逝去的那个山难事件，而是那颗珍贵的文学心灵。从作者留下的散稿来看，即使多数不能称之为创作完成品或成熟作品，但它们早就足以让我们看见一颗贴近文学的心灵。因此，我们将刘宸君这位作者定位为文学写作者，将这本书定位为文学作品集，并在这一点上获得亲友们共同支持。

全书依据文类分为四大部分，依序为游记、诗、书信及杂文。我们期望制造一条由外而内的阅读动线，仿造人们在认识另一个人时，可能渐进深入的进展阶段；同时，也保留阅读的开放性，不论读者从哪一个节点进入，都可以创造一条全新的途径。在此架构下，得以打散创作时间点与生平事迹的链结，将亲友与出版社共同审核选录的大多数篇章纳入。此外，出版社再加以编辑技术处理，适度隐去文中提及的人物姓名，并尽可能回避涉及个人隐私的内容。

在长时间工作互动中,我们也从亲友的叙述与文稿比对中了解到,作者的书写习性,并非"写实"记录,而是经常以身边人物为基础做延伸想象。因此应当可以视作为了捕捉某种状态、感觉或情感氛围而做的创作演练,而我们从中应当读的是作者凝练于文字中的精神、灵魂与感性。前述的编排方式,我们认为是有助于读者专注于此的。当然,这许多仍来自我们的直觉,及我自己这十二三年来对文学的思考与理解。这已是我们现阶段所能想象最尽力的样貌。

我感到非常幸运,能遇到这一本书,让我在自身生命载浮于浪峰或低谷时,有这么好的文字陪伴。我也比那个第一次见面的下午,更深爱宸君的文字许多许多。很感谢作者刘宸君双亲及挚友的信任,让我们能一起参与这段深刻的讨论过程。

——2019 / 06 / 22

图书在版编目（CIP）数据

我所告诉你关于那座山的一切/刘宸君著.——北京：九州出版社，2024.3（2024.4重印）

ISBN 978-7-5225-2191-6

Ⅰ.①我… Ⅱ.①刘… Ⅲ.①散文集—中国—当代 Ⅳ.①I267

中国国家版本馆CIP数据核字(2023)第179490号

著作权合同登记号 图字：01-2024-0041

本中文简体字版由春山出版有限公司授权在中国大陆独家出版

我所告诉你关于那座山的一切

作　　者	刘宸君 著
责任编辑	周　春
出版发行	九州出版社
地　　址	北京市西城区阜外大街甲35号（100037）
发行电话	（010）68992190/3/5/6
网　　址	www.jiuzhoupress.com
印　　刷	天津雅图印刷有限公司
开　　本	880毫米×1194毫米 32开
印　　张	11
字　　数	190千字
版　　次	2024年3月第1版
印　　次	2024年4月第2次印刷
书　　号	ISBN 978-7-5225-2191-6
定　　价	68.00元

★ 版权所有 侵权必究 ★